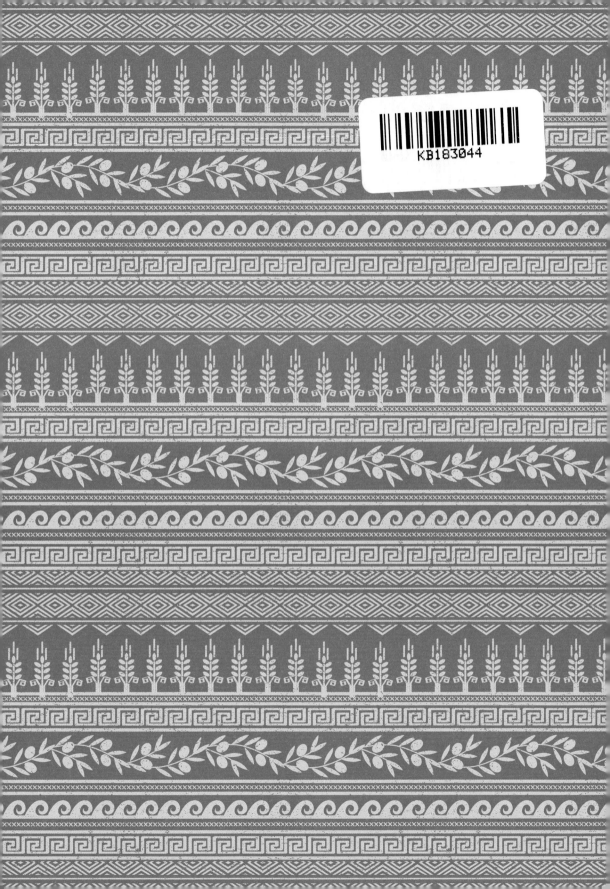

주석으로 쉽게 읽는
고정욱 그리스 로마 신화 1

주석으로 쉽게 읽는

고정욱
그리스
로마 신화

1

제우스와 신들의 세상

고정욱 지음

애플북스

Greek and Roman Mythology

차
례

이 책의 배경이 되는 지중해와 고대 그리스 지도야.
섬이 많고 바다가 복잡해서 수많은 이야기가 생겨날 수밖에 없겠지?
이 책을 읽다가 신과 영웅들의 행적이 궁금하면 한번 같이 살펴봐.

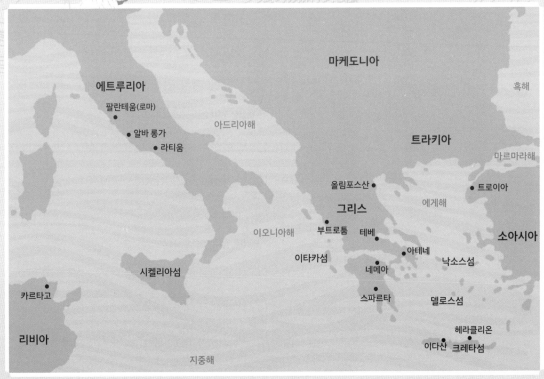

→ 《그리스 로마 신화》의 배경 무대 ←

1

세상의 창조

"그래, 결심했다!"

거인 티탄 크로노스는 자리에서 천천히 일어났다. 그러고는 자신이 가장 신뢰하는 무기인 거대한 낫을 챙겨 들었다. 마침내 하늘로 날아오른 크로노스는 어두운 구름 위에 있는 왕좌를 노려봤다. 왕좌 옆에 신들의 아버지 우라노스가 누워서 잠자고 있는 것이 보였다.

'지금이 기회다. 아버지가 또 다른 신들을 만들어내면 골치 아파질 거야. 가장 먼저 제거해야 할 대상은 바로 아버지야. 더 이상 그 누구도 낳지 못하게 만들어야 해.'

크로노스는 '살부(殺父)'라는 무서운 생각을 품은 채 다리를 쩍 벌리고 낮잠을 자는 아버지 우라노스에게 살금살금 다가가 생식기에 대고 거대한 낫을 그대로 휘둘러버렸다.

"아악!"

거세당한 우라노스는 순식간에 쓰러졌다. 거대한 남근이 잘려서 튕겨 나가며 온 사방이 피로 물들었다. 너무나 허망한 결과였다. 크로노스는 힘차게 외쳤다.

"만세! 이제 내가 온 세상의 주인이다!"

피 흘리며 죽어가던 우라노스는 자신에게 어떤 일이 벌어졌는지 깨달았다. 푸르던 하늘이 순식간에 어두워지더니 사방에 천둥 번개가 내리쳤다. 세상을 뒤흔드는 천둥소리와 함께 우라노스의 마지막 저주가 들렸다.

"못난 아들 놈아, 네가 저지른 일을 네 자식이 그대로 갚아줄 것이다."

그러나 크로노스는 콧방귀를 뀌었다. 그렇게 해서 크로노스는 우주의 새로운 지배자가 되었다. 우주를 통치하는 새로운 우두머리 신이 된 것이다.

과거로 거슬러 올라가보자. 우주가 생긴* 뒤 세상에는 오로지 하나의 신이 있었으니, 그의 이름은 카오스. 형체가 있는지 없는지조차 알 수 없으나 카오스는 온 우주에서 유일한 신이었다. 그는 오로지 혼자였다. 우주는 완전히 텅 비어 있었다. 우주를 채우고 있는 것이 있다면 암흑이 유일했다. 하늘과 땅도 없고, 항성과 행성도 없던 그 시절, 이 세상의 주인은 카오스였다.

어느 날 카오스는 생각했다.

'너무 심심한걸. 뭐라도 하나 만들어봐야겠어. 일단 무엇이든 만들려면 무대가 필요하지. 땅이 필요하겠군.'

"땅이여, 생겨나라!"

카오스의 명령으로 즉시 대지의 여신 가이아가 만들어졌다. 갓 태어났지만, 가이아는 대지라는 단단한 기반을 가지고 있었기에 두려울 것이 없었다. 온몸에 힘과 생기가 넘쳤다. 광대한 땅을 차지하고 있었기에 가이아의 힘과 의지는 그 누구도 당해낼 수 없이 강력했다. 게다가 그녀는 넓은 품 안에 무엇이든 품을 수 있었다. 가이아의 품 안에는 대륙과 바다와 산과 강, 모든 것이 들어 있었다. 그곳에서 풀과 나무와 생명들이 끊임없이 자라났다. 한마디로 이야기가 펼쳐질 무대가 만들어진 것이다. 이를 본 카오스는 지극히 만족스러웠다.

'좋아. 대지의 여신 아래에는 무엇이 있으면 좋을까? 옳지. 공포와 두려움과 어둠이 있게 해야겠다.'

그리하여 그가 두 번째로 만든 신은 타르타로스였다. 타르타로스는 어둠과 죄를 담당했다. 그다음에는 대지의 여신 가이아가 쉴 수

여기서
잠깐!!

우주는 언제 생겨났을까? 과학자들은 지금으로부터 대략 137억 년 전이라고 추정해. 그때는 빛도 어둠도 공기도 물도 아무것도 없었어. 그런 혼란의 시기가 있었기에 지금 이 세상이 존재할 수 있는 거야. 이는 동양의 음양 개념과도 통해. 우주가 생긴 건 음이 양으로 변한 것이라고 볼 수 있지. 그렇다면 언제든 다시 음으로 변할 수도 있지 않을까?

카오스

카오스는 태초의 혼돈, 공허, 공간 같은 존재야. 카오스는 최초의 신으로, 카오스로부터 수많은 다른 신들이 탄생했어. 카오스는 훗날 만물의 본래 상태를 가리키는 개념이 되었지. 우리 삶에도 카오스적인 상황이 있단다. 엉망진창 뒤죽박죽인 상황이나 생각이 바로 그거야. 그런 카오스를 이겨내야 비로소 선명한 하나의 생각과 삶이 생겨나는 거지. 사춘기 청소년이 한없이 방황하고 나서야 반듯한 성인이 되는 것과 같은 이치라고나 할까.

있도록 밤을 관장하는 여신 닉스를 만들었다. 그리고 닉스와 반대되는, 찬란하게 빛나는 헤메라를 만들었다. 헤메라는 빛, 혹은 낮의 신이다.

타르타로스는 가이아의 땅속으로 파고들어 자신의 은둔처인 어둠의 세상*을 만들었다. 어둠의 세상은 '저승'이라고 불렸다. 그 안에 살고 있는 신이 있었으니, 바로 앞에서 언급한 밤의 신 닉스였다. 닉스는 신들도 오고 싶어 하지 않는 어둠 속에 웅크리고 있다가 해가 떨어지면 땅 위로 올라와 날개를 펼치고 온 세상을 암흑으로 뒤덮었다.

카오스는 이제 비로소 심심하지 않았다. 신들이 여럿 생겼기 때문이다. 그는 가이아에게 명령을 내렸다.

"나는 이제 은퇴해서 쉬겠다. 가이아, 너는 내가 최초로 만든 나의 딸이니 네가 알아서 이 세상을 꾸려보거라."

"감사합니다, 아버지. 부디 편안히 쉬세요."

그리하여 카오스는 한발 뒤로 물러났다. 인간 세상에 더 이상 카오스의 암흑은 남아 있지 않았다. 세상을 주재할 절대 권력은 자연스

여기서 잠깐!!

어둠의 세상은 너무나 깊고 너무나 광대했어. 하늘의 대장간에서 쓰는 무거운 모루를 떨어뜨리면 9일은 지나야 땅에 닿는데, 땅에 떨어진 모루가 다시 9일 동안 떨어져 열흘째 도달하는 깊은 곳에 타르타로스의 저승이 있었어. 타르타로스는 정말 깊고 어두운 땅속에 살고 있었던 거지. 그래서 어떤 영혼이나 어떤 존재도 한번 저승에 들어가면 다시는 나올 수 없어. 그 불멸의 중심부에는 신들도 들어가길 꺼렸다고 해. 그런 어둠의 세계를 강조한 건 빛의 세계, 즉 우리 인간의 삶이 얼마나 소중한지 알게 하기 위해서일 거야.

럽게 가이아에게로 넘어갔다. 가이아는 여신답게 가장 먼저 이런 생각을 했다.

'아름다운 것들이 필요해. 아름다운 것들로 이 땅을 잔뜩 채워야겠어. 내 눈에 보기 좋은 것들로 가득하게 만들겠어.'

가이아는 풀과 나무와 꽃으로 세상을 가득 채웠다.

'가만. 풀과 나무와 꽃이 생생하게 살려면 무엇이 필요할까?'

한참 생각해봤지만 답을 찾을 수 없었다. 가이아는 마침내 서로 위해주고 아껴주는 사랑의 마음이 필요하다는 것을 깨달았다.

'사랑까지 내가 전부 관장하기는 힘들어. 여신을 하나 만들어야겠다. 끊임없이 사랑을 나누고 새로운 생명을 만들어내는 여신을……'

가이아는 에로스*를 만들었다. 에로스는 출산의 여신으로, 사랑을 느끼게 하는 능력을 갖고 있었다. 쉽게 말해, 에로스는 모든 생명체의 암수를 결합시키는 역할을 했다. 인간을 포함한 동물들에게만 암수가 있는 것이 아니다. 꽃에도 암술과 수술이 있고, 나무에도 암나무와 수나무가 있다. 에로스가 자신의 직무에 충실함에 따라 대지는 생명으로 가득 찼다.

가이아는 어두운 하늘을 파랗게 만들기 위해서 우라노스를 만들었다. 앞서 아들에게 거세당한 바로 그 신이다. 신들 가운데서 가장 큰 권력을 가진 신은 우라노스였다. 가이아가 대지를 관리했다면 우라노스는 하늘을 맡았기에 어머니의 권력에 버금가는 힘을 가질 수 있었다. 세상에서 가장 강력한 신이 된 우라노스는 카오스가 그랬던 것처럼 자식에게 권력을 넘기기로 마음먹었다.

땅의 한쪽 끝에서 다른 쪽 끝까지 모두 뒤덮는 파란 장막, 다시 말해 하늘에는 구름도 있고 천둥 번개도 있었다. 우라노스는 구름 위 높은 왕좌에 앉아 하늘 아래를 내려다보며 이 세상 모든 신들과 사물들을 다스렸다.

'더 많은 신을 만들어야겠다. 그러려면 나에게 아이를 낳아줄 아내가 필요하겠어.'

우라노스는 자신의 어머니인 가이아와 결합했다. 하늘과 땅이 결합한 셈이다. 신들의 결합이었다. 당연하게도 그들의 자녀 역시 모두 불멸의 존재가 될 수밖에 없었다. 영원히 사라지지 않을 이 존재들을 사람들은 '티탄'이라 불렀다. '티타네스'라고 불리는 여섯 명의 남신(오케아노스, 코이노스, 히페리온, 크로노스, 아이페토스, 크리오스)과 '티타니데스'라고 불리는 여섯 명의 여신(테티스, 포이베, 테이아, 레아, 테미스, 므네모시네) 모두 열두 티탄이 있었다. 이들은 모두 높은 산의 몇 배나 될 정도로 거대한 몸집을 자랑했다.

그중에서도 가장 커다란 것은 바다의 신 오케아노스였다. 오케아노스는 바다 바닥에서 벌떡 일어서면 수면 위로 솟구칠 정도로 커다

여기서 잠깐!!

《그리스 로마 신화》에서는 '에로스'라는 신을 여럿 찾아볼 수 있어. 첫째, 태초의 신 에로스야. 태초에 카오스라는 공간의 신이 생겨나고, 이어서 대지의 여신 가이아와 저승 세계를 관장하는 타르타로스가 태어났어. 그러고 나서 가이아가 만들어 낸 신이 바로 에로스야. 두 번째는 아프로디테의 아들 에로스야. 사랑에 빠지게 하는 황금 화살과 사랑을 거부하게 하는 납 화살을 들고 다니며 이런저런 소란을 일으키는 신이지. 우리에게 잘 알려져 있는 것은 바로 이 에로스야. 마지막으로 풍요의 신 포로스와 가난의 여신 페니아 사이에 태어난 에로스가 있어.

란 몸집을 자랑했다. 바다를 품자마자 오케아노스는 어마어마한 수의 자식들을 만들어내기 시작했다. 호수, 강 같은 땅에 있는 모든 물이 그의 자손들이다. 뿐만 아니라 산골짜기에서 솟아나는 샘물이나 우물도 모두 그의 자손들이다. 오케아노스는 바다의 생산력을 상징하는 누이동생 테티스와 결합해 3000개의 강과 3000명의 딸을 낳았다. 오케아노스의 딸들은 '오케아니데스'라 불리는데, 이들은 샘과 개울, 연못, 호수의 요정이다.

이 세상을 가득 메우려면 짝을 지어야 했기에 티탄들은 남매끼리 결합하기 시작했다. 그 결과, 많은 신이 태어났는데, 히페리온이 테이아와 결합해 낳은 태양의 신 헬리오스가 그중에서 가장 강력했다. 장밋빛 손가락을 가진 새벽의 여신 에오스와 밤하늘을 밝혀주는 밤의 여신 셀레네도 그들의 자녀였다. 이들 셋은 시간 순서대로 연결되어 있다.

열두 티탄 중 막내가 바로 크로노스다. 강한 형과 누나들 밑에서 살아남으려다 보니 막내는 간사하고 음흉한 성격을 갖기 쉽다. 게다가 크로노스는 야망도 컸다.

우라노스와 가이아에게는 열두 티탄 외에도 여섯 명의 아들이 더 있었다. 먼저, 이마 한가운데 커다란 둥근 눈을 가진 외눈박이 거인 키클롭스 삼 형제가 있다. 이들은 천둥과 번개를 지배했으며 높은 산에 살았다. 산꼭대기에서 뿜어 나오는 화산 용암의 열기를 이용해 각종 무기와 갑옷을 만들고 그것들을 연마하고 단련했다. 키클롭스들이 움직이면 대지가 흔들릴 정도로 번개와 천둥이 몰아쳤다.

외모가 험상궂기로는 헤카톤케이레스도 결코 빠지지 않았다. 아버지 우라노스조차 흉측한 괴물이라 꺼리며 보기 싫어했던 코토스, 브리아레오스, 기게스는 100개의 팔과 50개의 머리를 지닌 거인 삼 형제로 '헤카톤케이레스'라고 불렸다.* 이들이 한번 화를 내면 땅이 갈라지고 산이 무너져 내렸다. 이들은 지진을 일으키는 신으로도 알려져 있다.

이렇듯 우라노스는 필요할 때마다 많은 신을 만들어내며 세상을 지배했다. 우라노스의 권력욕은 그 누구도 따를 자가 없었다. 우라노스의 말은 그대로 법이 되었다. 그의 명령에 모두들 복종해야만 했다. 그렇다고 모두 불행하기만 했던 건 아니다. 선도 악도 없는 조화로운 시절이었다. 그러나 모든 행복에는 반드시 끝이 있는 법이다. 그런 평화로운 시간이 오래갈 리 없었다.

100개의 팔을 가진 세 거인은 자신들이 남들보다 100배는 일을 많이 하고 힘이 세다는 이유로 거들먹거렸다.

"우리 헤카톤케이레스는 같은 시간 일을 해도 남들보다 많이 하고 힘도 더 세잖아."

"그렇지."

여기서 잠깐!!

불교에도 이렇게 팔이 많은 신이 있어. 어려운 사람들을 도와주는 특별한 부처인 천수관음은 천 개의 팔을 갖고 있는데, 여기서 '천 개의 팔'은 정말로 팔이 천 개라는 말이 아니라 많은 사람을 동시에 도울 수 있다는 의미야. 모든 손마다 각각 눈이 달려 있어서 어디에서 누가 도움을 필요로 하는지 바로 알 수 있대. 또 손마다 서로 다른 일을 할 수 있어서 동시에 여러 가지 문제를 해결할 수 있다고 하지. 우리가 서로 돕고 배려하며 살아가야 한다는 것을 알려주는 천수관음은 사랑과 도움의 상징으로 많은 사람에게 존경받고 있어.

"그런데 다른 티탄들과 같은 대접을 받는다니 이치에 맞지 않아."

"듣고 보니 그렇네."

기고만장해진 이들은 아버지 우라노스에게도 건방진 태도를 보이기 시작했다. 무슨 말을 하든 냉소적인 표정을 지으며 거부하기 일쑤였다. 참고 참던 우라노스는 마침내 폭발하고 말았다.

'이 녀석들, 보자 보자 하니까 가관이구나. 벌을 내려야 정신을 차리겠어.'

가이아는 이를 눈치채고 아들들을 위해 용서를 빌었다.

"온 세상의 주인이신 나의 아들이며 나의 남편 우라노스 신이시여, 당신께 간청드립니다."

"무엇입니까? 말씀하십시오."

"몇몇 아이가 철없이 건방지게 굴고 있다는 것을 압니다. 제발 용서해주세요. 그 아이들 역시 당신의 자식 아닙니까? 벌하지 말아주세요."

가이아의 애원에도 우라노스의 마음은 풀리지 않았다. 그는 딱딱하고 사무적인 태도로 말했다.

"나의 아내이자 모든 신의 어머니시여, 당신은 많은 신들을 낳았고 그 신들의 존경을 받고 있습니다. 그렇다면 신들의 아버지인 나 역시 존경을 받아야 하지 않습니까? 저 건방진 태도를 그냥 봐주고 넘어간다면 그들은 나의 자리를 넘볼 게 분명합니다. 결코 가만히 놔둘 수 없습니다. 저 건방진 것들이 나를 이 자리에서 몰아낼지도 모릅니다."

권력을 지키려는 욕심은 인간이나 신이나 매한가지다. 우라노스는 단호하게 가이아의 부탁을 거절하고 대지에 명했다.

"땅은 열려라!"

대지가 거대한 입을 벌리자 우라노스는 열두 티탄과 100개의 팔만 믿고 건방지게 굴던 헤카톤케이레스를 그 속으로 단숨에 밀어 넣어버렸다. 그들은 한없는 암흑 속으로 떨어졌다. 9일 동안 떨어진 뒤 그들은 저승에 갇혔다. 그 모습을 보고 만족한 우라노스는 자신이 벌려놓았던 땅을 다시 닫았다.

"이럴 수가! 나의 아이들이⋯⋯."

자신의 아이들이 어두운 땅속에 갇히는 것을 본 가이아는 절망했다. 사랑하는 자녀들이 한순간에 사라져버리자 가이아는 돌아서서 결심했다.

'내가 그렇게 간청했건만, 내 부탁을 무시하다니⋯⋯.'

자신의 품 안인 땅속 깊이 파묻힌 티탄들에게 가이아는 말했다.

"사랑하는 나의 아이들아, 너희들의 오만한 아버지에게 이대로 당하고 있을 수만은 없다. 깊고 깊은 땅속, 어두컴컴한 타르타로스에 갇힌 나의 아이들아, 그곳에서 어떻게 살 수 있단 말이냐? 이제 나는 결심했다."

티탄들이 외쳤다.

"어머니, 어떻게 하실 겁니까?"

"너희 아버지는 너무도 오랫동안 이 세상을 다스려왔다. 이제 그만 둘 때도 되었다."

"어머니, 저희를 이곳에서 꺼내주세요. 저희가 어머니를 돕겠습니다. 아버지에게 맞서겠습니다."

"너희 가운데 새로운 왕이 나와야 한다. 누가 하겠느냐? 앞장서서 용기를 낼 자가 누구냐? 먼저 온 자가 왕이 되고 뒤에 온 자는 신하가 되는 법이다."

힘세고 강하다고 자부하는 티탄들이지만 아버지 우라노스를 생각하면 덜컥 겁이 났다. 우라노스가 너무나 두려웠다. 자신들을 죽이지 않고 가둬놓은 것만으로도 다행이라 여기는 자들도 있을 정도였다. 앞에서 이끄는 지도자가 없으니 당연히 주동자도 없었다. 모두 고개를 수그리고 나서지 못하는데, 막내 크로노스가 당차게 일어섰다.

"어머니, 제가 하겠습니다. 제가 왕이 되어보겠습니다. 아버지에게 쫓겨날 수도 있지만, 저는 어머니의 뜻에 따르겠습니다. 이제 제가 세상을 다스려보겠습니다."

"오, 아들아, 좋다. 어서 대지에서 탈출해라. 저 오만한 우라노스에게 도전해 새롭게 왕이 되어라!"

가이아는 즉시 자신의 몸 일부를 열어주었다. 땅이 쪼개지자 그 틈으로 크로노스가 튀어나왔다. 너무 오랫동안 어둠 속에 갇혀 있었던 터라 눈이 부셔서 크로노스는 잠시 웅크리고 있었다.

"아! 이게 얼마 만인가."

이윽고 빛에 적응되자 크로노스는 사방을 둘러보았다. 오랜만에 보는 대지의 모습이라 어디가 어딘지 알 수 없었다. 태양이 크로노스의 몸을 부드럽게 만져주고 밝은 대지가 그의 기운을 북돋아주었다. 크로노스는 가슴속에서 야망이 꿈틀거리는 것을 느꼈다. 그는 엎드려 대지에 입을 맞추었다.

"어머니, 감사합니다. 세상을 제 것으로 만들겠습니다. 이제부터 최선을 다하겠습니다. 절 지켜봐주세요."

그리고 얼마 뒤, 크로노스는 아버지를 향해 낫을 휘두른다.★ 우라노스는 아들에게 저주의 말을 남기고 무기력하게 스러졌다. 신의 저주는 절대 빈말이 아니다. 그런데 승리감에 취한 크로노스는 이를 가볍게 넘겨버리고 말았다. 권력을 쥐게 된 크로노스는 다른 티탄들을 타르타로스에서 꺼내 올렸다.

"이제 다 올라와라! 세상은 우리 것이다!"

티탄들과 함께 세상을 다스리면 자신의 권력이 흔들림 없이 탄탄할 거라 생각했다. 하지만 권력을 휘두르다 보니 그 황금 의자를 다른 티탄들이 탐내는 것만 같았다.

'가만 있어봐. 이 자리를 또 누군가에게 뺏길 수도 있는 것 아니야? 위협이 될 만한 이들을 없애버려야겠어.'

크로노스는 타르타로스의 문을 열면서 100개의 팔을 가진 거인들은 풀어주지 않았다. 게다가 그는 자신이 티탄이기 때문에 다른 티탄들을 이용하는 데 아주 능숙했다. 타르타로스에서 풀려나온 티탄들은 뿔뿔이 흩어져 세상을 다스리며 마음껏 살았다. 그들이 모두 크로노스를 돕거나 그에게 충성을 맹세한

여기서 잠깐!!

낫은 곡식을 추수하는 데 사용되는 도구야. 여름 내내 농사지은 알곡을 낫으로 베어내 먹기도 하고 다음 해를 위해 저장하기도 하지. 이런 의미에서 낫은 오래된 세력을 베어내고 새로운 세력이 자리 잡게 한다는 상징성을 갖고 있어. 바로 낡은 것이 죽어야 새로운 것이 태어난다는 우주의 생성 원리를 보여준다고 할 수 있지.

것은 아니었다. 구밀복검(口蜜腹劍)이라고 입에는 꿀을 물고 배에는 칼을 품고 있는 자가 있을 수도 있는 법이었다. 바로 오케아노스★가 그랬다.

타르타로스에서 풀려난 오케아노스는 어떻게 된 일인지 자초지종을 알아보고는 깜짝 놀랐다.

'크로노스가 아버지를 죽였다고? 그것도 아버지의 생식기를 잘라서? 너무 끔찍하군.'

오케아노스의 마음은 차갑게 식어버렸다. 동생이 마음껏 권력을 휘두르는 데 협조할 마음도 전혀 들지 않았다. 그는 티탄들의 천국에서 멀찍이 떨어져 조용히 살았다.

어느 집단이든 지도자가 바뀌면 그의 품성과 인성이 다른 이들의 삶에 영향을 미치는 법이다. 악한 성격을 가진 크로노스가 권력을 휘어잡자 세상은 점점 험악하고 끔찍한 곳으로 변해갔다. 밤의 여신 닉스 역시 크로노스가 온 세상을 차지한 것에 큰 불만을 느꼈다.

'크로노스를 가만히 놔둬선 안 되겠어. 도움이 될 자식들을 많이 낳아야겠군.'

닉스는 남매 사이인 에레보스와 결합해 빛과 창공의 신 아이테르와 낮의 여신 헤메라를 낳았다. 그뿐만이 아니라 남성 신의 힘을 빌리지 않고도 혼자 힘으로 많은 자식을 낳았다. 닉스는 죽음의 신 타나토스를 낳아서 크로노스를 제거하겠다는 결심을 다졌다. 밤에 잠잘 때마다 흉측한 꿈을 꾸게 하는 악몽의 신이면서 동시에 싸움의 신인 에리스도 낳았다. 뿐만 아니라 복수라는 개념을 가진 네메시스도 출산했다. 이들 여신은 모두 크로노스가 아버지를 죽인 뒤 증오의 정기를 받아 생겨난 신들이다.

하지만 크로노스는 그 신들조차도 지배하고 있었다. 증오, 공포, 복수, 속임수, 전쟁을 관장하는 신들을 모두 아우르면서 그들을 통해 세상을 다스렸다. 크로노스로 인해 인간은 지금까지도 살아가면서 고통을 겪고 있다.

어쨌든 큰 권력을 가질수록 불안함도 커지는 법이다. 크로노스는 갈수록 불안해졌다.

'아버지가 영원히 이 세상을 지배할 줄 알았지만 내가 빼앗았잖아. 그렇다면 나도 영원히 이 세상을 지배하지 못하게 되는 것 아니야?'

자신이 아버지를 제거했던 일을 곰곰이 되새기다 보니 아버지가 무서운 저주를 퍼부었던 것이 그제야 생각났다. 자신이 아버지를 배신했던 것처럼 자신의 자식이 자신을 죽일 거라는 두려움이 점점 커졌다.

'그렇다면 나는 자식을 만들지 않아야겠구나. 아니지. 아내 레아와 사랑을 나눠야 하니, 자식을 낳으면 곧바로 없애버려야겠다!'

그는 당장 레아를 불렀다.

"앞으로 아기를 낳으면 나에게 먼저 데려오시오."

여기서 잠깐!!

오케아노스는 2세대 티탄 신족으로, 티탄 12남매 중 장남이며 큰 바다와 큰 강을 관장하는 신이야. 시간이 지나면서 하천의 신으로 비중이 축소되었지만 바다와 하천, 우물을 다 관장했으니 결코 가볍게 생각할 수 있는 존재는 아니야. 오케아노스는 동양의 용왕과도 일맥상통하는 면이 있어. 우리 전통 속 무당들은 샘물이나 우물에 빌면서 용왕님께 소원을 말하곤 했지. 물의 소중함이 신과 연결되는 것은 동서양의 공통된 개념인 것 같아. 물은 인간의 삶에서 필수불가결한 존재라는 것을 보여주려는 게 아닐까.

"왜요?"

"내 아이니까 내가 제일 먼저 봐야 하지 않겠소."

"알겠어요."

레아는 크로노스와 사랑을 나누며 연이어 자식을 낳았다. 물론 그들의 자식들도 다 신이었다. 그런데 아기를 낳아서 데려가기만 하면 크로노스가 단숨에 입에 넣어서 꿀꺽 삼켜버리는 것 아닌가. 크로노스는 레아가 낳은 다섯 명의 아이를 이렇게 차례대로 삼켰다. 다섯 아이들은 세상 구경도 하지 못하고 아버지의 배 속에 들어가 웅크리고 있어야 했다. 헤스티아, 데메테르, 헤라, 하데스, 포세이돈이 그들이다. 아이를 다섯이나 잃은 레아는 슬픔을 가눌 수 없었다. 그러던 와중에 여섯 번째 아이를 갖게 됐다.

'아, 이 아기만은 뺏기고 싶지 않아! 어떡하면 좋지?'

모성애가 강한 레아는 이번만은 아이를 지키고 싶었다. 하지만 방법이 없었다. 고민하던 레아는 가이아를 찾아갔다. 가이아는 우라노스의 영혼과 함께 살고 있었다.

"아버지, 어머니! 아이를 낳아보셨잖아요. 제 배 속에 또 아이가 생겼습니다. 하지만 이 아이를 낳으면 크로노스가 또 잡아먹을 거예요. 어찌하면 좋겠어요?"

그러자 우라노스와 가이아가 말했다.

"사랑하는 딸아, 그 아이는 잘 지키도록 해라."

"어떻게 하면 지킬 수 있을까요?"

"크레타섬에 가면 딕테산이 있단다. 그 산은 동굴이 많기로 유명하지. 그 동굴에서 아이를 기르면 될 것이다."

배가 불러오기 시작하자 레아는 배를 헝겊으로 칭칭 감싸서 임신한 티를 내지 않았다. 그러다가 마침내 달이 차서 아기가 나오려고 하자 숲속으로 가 동굴에 있는 요정들에게 몸을 의탁했다.

"나를 도와다오."

"여신님, 걱정하지 마십시오."

요정들의 도움으로 레아는 무사히 아기를 낳을 수 있었다. 출산을 마친 레아는 요정들에게 아기를 부탁했다.

"이 아기를 잘 길러다오. 나는 크로노스가 눈치채기 전에 빨리 돌아가야 한다."

재빨리 궁으로 돌아온 레아는 배에 감았던 헝겊을 푼 뒤 말했다.

"가서 크로노스에게 알려라. 내가 아이를 낳고 있다고."

옆에 있던 요정들이 크로노스에게 달려가자 레아는 비명을 몇 번 질렀다.

"으아악! 아악!"

그렇게 아기 낳는 시늉을 하던 레아는 동그란 바윗돌 하나를 옆에 슬그머니 내려놓았다. 그때 크로노스가 다가와 아기를 낳았나 살펴보더니 말했다.

"부인, 아기를 낳으면 곧장 데려오시오. 아기의 울음소리를 듣고 싶지 않소."

크로노스가 나가자마자 레아는 바윗돌을 헝겊으로 둘둘 감아 가져다주었다.

"여보, 아들이에요."

"이리 데려오시오."

크로노스는 아기를 건네받자마자 입을 벌려 그대로 삼켜버렸다.

흉폭한 크로노스의 지배를 받으며 세상은 점점 어두워졌다. 이런 상황에서 딕테산 동굴에서는 새로운 희망이 자라나고 있었다. 그 아이의 이름은 바로 제우스. 온갖 종류의 악이 지배하는 세상에서 유일한 희망은 아버지 크로노스에게 잡아먹히지 않은 아들 제우스뿐이었다. 신들도 이 사실을 알았고, 요정들도 모두 이 사실을 알았다.

"저 아기는 우리의 희망이야."

"맞아. 저 아기를 잘 기르자."

모든 신들이 딕테산 동굴로 햇빛이 들어갈 때마다 기대에 부풀어 쳐다보곤 했다. 제우스는 보다 나은 세상을 바라는 그들에게 유일한 희망이었다.

숲속 요정들은 아기를 사랑으로 길렀다. 아기가 졸려 하면 요람을 흔들며 평화롭게 자장가를 불러주었다. 그런데 아기의 울음소리가 너무나 웅장하고 우렁찼다. 요정들은 동굴에서 제우스가 우는 소리가 하늘에 있는 크로노스에게 들릴까 봐 두려워했다. 섬을 지키던 아홉 명의 쿠레테스는 어린 제우스가 울 때마다 칼과 방패를 부딪쳤다.

챙챙! 쨍그랑!

마치 무예를 연습하는 것처럼 소리를 내서 제우스가 태어났다는 사실을 크로노스가 알지 못하게 했던 것이다.

2

제우스의 성장

크레타섬은 낙원이었다. 과일나무가 여기저기서 달콤한 열매를 맺어 어린 제우스에게 단물을 제공하고, 꿀벌들은 꿀을 모아 가져다주었다. 어린 제우스가 엄마 없이도 살 수 있었던 것은 바로 신성한 염소인 아말테이아가 있었기 때문이다. 아말테이아는 신의 아들인 제우스를 살뜰히 보살피고 제 새끼처럼 사랑해주었다. 마치 엄마처럼 제우스를 지켜준 것이다. 제우스 역시 아말테이아의 등에 올라타 노는 것을 가장 좋아했다. 숲의 동물들도 모두 제우스가 잘 자라날 수 있도록 힘껏 도왔다.

"아말테이아, 이리 와봐."

제우스는 도망가는 아말테이아를 쫓아가 등에 올라타 뿔을 잡고 신나게 달리기도 하고, 품에서 잠들기도 하고, 옹달샘에서 함께 물을 마시기도 했다. 짓궂고 장난이 심한 제우스였지만 아말테이아는 엄마 같은 마음으로 모든 장난에 기쁜 마음으로 응하며 매사 제우스를 배려해주었다.

그런데 잘 알다시피 제우스는 사람이 아니었다. 신인 그는 어린 모습이지만 막강한 힘을 가지고 있었다. 한번은 아말테이아의 뿔을 잡고 힘을 줬는데, 힘이 너무 센 나머지 그만 뿔이 뚝 부러지고 말았다. 아말테이아는 너무 아파 비명을 질렀다.

"메에에!"

이번만은 아말테이아도 제우스를 야속한 시선으로 쳐다보았다. 한낱 염소일 뿐이지만 그동안 온 정성을 다해 제우스를 돌봐왔는데, 자신에게 이렇게 함부로 행동하니 서운함을 억누를 수 없었다. 그런 아말테이아를 보며 제우스는 아차 싶었다.

"미안해, 아말테이아! 내가 네 뿔을 부러뜨렸네. 내 힘이 얼마나 센지 미처 몰랐어. 정말 미안해."

한쪽 뿔을 잃고 낙담한 아말테이아를 부드럽게 쓰다듬으며 제우스는 약속했다.

"내가 나중에 제대로 된 신이 되면 네 뿔이 사람들에게 기쁨을 주는 뿔이 되도록 할게. 네 뿔에서 모든 풍요로운 것이 나오게 해주겠어. 지금은 피가 나게 했지만 네 뿔이 꼭 풍요의 뿔로 인정받게 해주겠어."★

그리고 그 말은 이뤄졌다. 부러진 아말테이아의 뿔을 휘두르거나 쓰다듬을 때마다 그 안에서 과일과 먹을 것이 잔뜩 쏟아져 나왔다. 먹고 싶다고 생각하는 것은 무엇이든 먹을 수 있게 된 것이다. 아말테이아는 뿔 하나가 없어졌지만 제우스 덕분에 평생 먹을 것을 걱정하지 않아도 되는 염소가 되었다.

아직 어린 신이지만 제우스는 이토록 힘이 센 것은 물론 엄청난 능력을 지니고 있었다. 제우스가 놀 때는 늘 요정들이 함께했다. 요정 아드라스테이아는 황금 고리로 멋진 공을 짜서 주었다. 제우스는 그 공을 던지고 받으며 신나게 놀았다. 그렇다고 제우스가 놀기만 했던 것은 아니다. 제우스에게는 지식의 성장을 돕는 스승도 있었다. 바로 독수리였다. 독수리는 계절의 변화에 따라 그리스 일대를 여행했다. 독수리는 1년 동안 정해진 경로에 따라 아프리카에서부터 유럽까지 여행한 뒤 크레타섬에 눌러앉아 제우스에게 자기가 보고 들은 것을 모두 말해주었다. 가끔은 낯선 과일 등 다른 지역의 물건을 물고 와 제우스의 시야를 넓혀주기도 했다. 제우스는 독수리의 이야기를 들으면서 엄청난 지식과 견문을 쌓았다. 이

여기서 잠깐!!

아말테이아의 뿔은 왜 풍요의 상징이 되었을까? 소나 양, 염소의 뿔은 그 안을 파내면 훌륭한 그릇이 돼. 술이나 물을 담을 수도 있고, 나팔을 만들어 큰 소리를 낼 수도 있지. 게다가 인간에게 이로움을 주는 동물인 소와 양, 염소의 뿔이기에 풍요의 상징이 될 수 있었어. 그 안에 뭔가 담았다 꺼낼 수 있기에 풍요로움을 보여주기에도 좋았지.

렇게 다양한 경험을 통해 제우스는 그 누구도 당해낼 수 없는 체력과 함께 빼어난 용모, 깊이 있는 지식을 갖추게 되었다. 자신이 이야기해주는 것을 모두 이해할 정도가 되자 독수리는 제우스에게 말했다.

"제우스, 드디어 네가 나의 이야기를 모두 이해할 정도가 됐구나. 이제 더 이상 가르칠 게 없다."

"아니야, 독수리야! 내가 모르는 게 분명히 있을 거야. 내가 모르는 모든 걸 알고 싶어. 나는 도대체 어디서 와서 어디로 가는 거지?"

쉽게 답할 수 없는 무거운 질문이었다. 자신의 정체성에 대한 질문이었기 때문이다. 독수리는 잠시 망설이다 답해주었다.

"이제 정말 너에게 마지막 가르침을 줄 때가 되었구나. 사실 너는 크로노스의 아들이야."

"나의 아버지가 크로노스라고?"

"그래."

"그럼 왜 나는 아버지 밑에서 자라지 못한 거지? 나의 어머니는 어디 계신 거야?"

"거기에는 사연이 있어. 네가 아버지 곁에 있었다면 너는 벌써 죽었을 거야. 아버지 배 속에 들어가 있을걸?"

"아버지가 나를 잡아먹었을 거라고?"

독수리는 제우스에게 그동안 있었던 일들을 모두 이야기해주었다. 독수리의 이야기를 들으면서 제우스는 너무 놀랐다. 쉽게 받아들일 수 없는 괴로운 이야기였다. 제우스는 아버지가 자식을 잡아먹는 진실로 무서운 일이 벌어졌고, 자신의 아버지 크로노스가 신들의 나라를 아직도 폭력으로, 또한 악으로 지배하고 있다는 사실을 알게 되었다. 무엇보다 충격적인 것은 자신의 자리를 빼앗길까 봐 지금도 여전히 자식들을 잡아먹을 준비를 하고 있다는 사실이었다.

"안 되겠어. 아버지를 몰아내야겠어. 나는 정말 이 세상이 아름답고 평화로워졌으면 좋겠어. 내가 그렇게 만들겠어."

독수리가 떠나간 뒤, 제우스는 곰곰이 생각해봤다. 자신이 할 일은 바로 그것이었다. 아버지가 밉다기보다는 세상에 올바른 법과 정의가 실현되게 하고 싶었다. 제우스는 마침내 크레타섬을 떠나기로 결심했다. 그러나 어디로 가야 할지 몰라 방황하고 있는데, 앞에 거대한 거인 티탄이 나타났다. 바로 오케아노스였다. 온몸에서 황금색 빛을 발하는 젊은 신 제우스를 보자마자 오케아노스는 자신이 무엇을 해야 할지 본능적으로 깨달았다.

"네가 바로 제우스로구나. 내가 너를 도와주겠다."

"고맙소. 그런데 내가 원하는 게 무엇인지 알고 그런 얘기를 하는 거요?"

"말하지 않아도 다 알 수 있다. 하지만 먼저 네가 해야 할 일이 있다."

"그게 뭐요?"

"네 아버지 배 속에 네 형제 다섯이 갇혀 있다. 먼저 그들을 풀어줘라. 그들과 힘을 합쳐 싸워야 한다."

제우스는 자신의 형제들이 살아 있으리라고는 생각지도 못했었다. 하지만 정말 형제들을 구해낼 수만 있다면 자신의 목적을 달성하기가 훨씬 수월할 게 분명했다.

"도와주시오. 어떻게 하면 아버지의 배 속에서 나의 형제들을 꺼낼 수 있겠소?"

"저절로 토해내지는 않을 것이다. 토하게 만드는 약이 필요하다."

"토하게 만드는 약? 나는 그런 걸 갖고 있지 않소."

"걱정하지 마라. 나의 딸을 부르면 된다."

오케아노스는 자신의 딸 메티스를 불렀다. 아버지의 부름에 메티스는 땅을 울리며 다가왔다. 대지의 여신의 손녀답게 메티스는 땅 위에 있는 모든 나무와 식물들의 효능을 알고 있었다.

"사랑하는 딸아, 여기 있는 제우스를 위해 약을 만들어다오."

"무슨 약이 필요하십니까?"

"먹으면 배 속에 있는 것을 바로 토해내는 약이 필요하다. 크로노스가 삼켜버린 자기 자식들을 토해내게 만들어야 한다."

메티스는 알았다는 듯이 고개를 끄덕였다. 잠시 사라졌다 돌아온 그녀의 품에는 난생처음 보는 약초들이 가득했다. 그 약초들을 갈고 물을 부어 오랫동안 끓이자 마침내 빨간 액체가 만들어졌다. 메티스는 과일즙 몇 방울을 넣어 향기로운 과실주 냄새를 풍기는 물약을 주며 제우스에게 말했다.

"겉보기에는 귀한 술 같지만 배 속에 있는 것을 바로 토하도록 만드는 약입니다. 부디 젊은 신의 뜻을 이루시기 바랍니다."

"고맙소."

제우스는 메티스가 만든 약을 동물 가죽으로 만든 부대에 담은 뒤 아버지 크로노스를 찾아갔다. 제우스가 자신의 아들인 것을 눈치채지 못한 크로노스는 낯선 젊은 신을 반갑게 맞았다.

"너는 누구냐?"

"나는 제우스라고 합니다. 모든 신과 만물의 창조자이신 그대에게 귀한 술을 바치고 싶습니다. 기꺼이 마셔주신다면 그보다 영광이 없겠습니다."★

잔에 마법의 약을 따라주자 크로노스는 코를 대고 냄새를 맡았다. 향기롭기 짝이 없는 게 귀한 술 같았다.

"하하하, 고맙구나. 어디 한번 마셔보자."

크로노스는 잔을 들더니 호기롭게 입에 털어 넣었다.

"음, 정말 향기롭…… 꾸으아악!"

갑자기 헛구역질이 올라오기 시작했다.

"우아악!"

크로노스는 계속 헛구역질을 했다. 배가 꿀렁거리더니 마침내 배 속에 있는 것들을 토해내기 시작했다. 울컥 한 번 토해내자 그가 마지막에 삼킨 제우스를 대신한 돌이 튀어나왔다. 그 뒤로 한 번 구역질할 때마다 자신이 배 속에 가두어두었던 아이들이 쏟아져 나왔다. 아이들은 아버지의 배 속에 갇혀 있느라 신으

여기서 잠깐!!

제우스가 신분을 숨기고 크로노스에게 다가가 신들의 음식인 암브로시아와 넥타르를 관리하는 일을 맡았다는 이야기도 있어. 그러면서 여기에 토하게 만드는 약을 조금씩 타서 크로노스에게 먹였다고 해. 그 약이 점점 몸에 쌓이자 강건하기 짝이 없던 크로노스가 견디지 못하고 자신이 삼킨 자식들을 토해내게 된 거야. 이 이야기는 우리가 뭔가를 먹으면 그것이 없어지는 게 아니라 그 존재가 가려질 뿐이라는 것을 보여줘. 영원히 없어지는 것은 결코 없다는 것을 상징한다고도 할 수 있어.

로서 제대로 된 지식과 경험을 쌓으며 성장하지 못했다. 하지만 그들은 모든 것을 알고 있었다.

"사랑하는 동생아, 고맙다."

그들은 달려와 제우스를 끌어안고 입을 맞추었다. 배 속에 있던 자식들이 모두 튀어나온 뒤에야 정신을 차린 크로노스는 자신이 속았다는 것을 깨달았다. 더 이상 어찌해볼 수 없게 세상에 나타난 아들, 딸 신들을 보자 크로노스는 두려움을 느꼈다.

"큰일이군. 빨리 도움을 청해야겠다."

급히 몸을 피한 그는 티탄들에게 도움을 요청했다.

"형제들이여, 도와다오. 나의 자식들이 나를 해치려고 한다."

제우스는 황급히 형제들을 데리고 멀리 피신했다. 아무리 신이라지만 형제들은 갓 태어난 것이나 마찬가지였다. 가장 나중에 태어났지만 가장 먼저 성장한 제우스가 맏이가 된 것은 바로 이 때문이다. 형제들이 완벽한 신으로 자리매김할 때까지 제우스는 형제들을 돌보며 숨어지냈다.

크로노스도 손 놓고 있지는 않았다. 티탄들을 모아놓고 자식들이 쳐들어올 것에 대비했다. 드디어 충분한 시간이 지났다. 제우스의 형제들은 모두 성장해 힘을 발휘할 수 있게 되었다. 늠름한 신의 모습을 갖춘 형제들을 보며 제우스는 비로소 떨쳐 일어나 말했다.

"우리는 이 세상을 구해야 한다. 우리들의 아버지인 크로노스를 무찌르고 모든 것을 제자리로 돌려놓아야 한다."

형제들은 막내이지만 우두머리인 제우스를 돕기 위해 모두 한자리에 모였다. 그러던 중 자신을 키워준 딕테산의 아말테이아가 죽었다는 소식을 들은 제우스는 그 가죽을 벗겨 옷을 만들어 입었다. 아말테이아를 영원히 기억하기 위함이었다. 아말테이아의 가죽은 풍요의 상징일 뿐만 아니라 어떤 칼과 창도 막아주는 강력한 갑옷이었다. 아말테이아는 죽어서까지 제우스를 보호해주게 된 것이다.

3

신들의 전쟁

온 세상을 두고 아버지와 맞서는, 후일을 기약할 수 없는 전쟁을 앞두고 제우스는 철저하게 준비했다. 크로노스가 이 사실을 모를 리 없었다.

"아들이라는 녀석이 감히 아비에게 반기를 들어? 절대로 용서할 수 없다."

크로노스는 자신의 세력을 불려야 할 필요성을 절감했다. 그가 기댈 곳은 자신이 가둬놓았던 티탄들뿐이었다.

"모든 티탄들은 모여라!"

크로노스의 근거지는 오소리즈산이었다. 이 산은 거대하고 높을 뿐만 아니라 거인들이 무기로 쓸 수 있는 커다란 바위들이 잔뜩 있었다.

한마디로 자신이 유리한 지역에서 전쟁을 벌일 준비를 한 것이다. 티탄
들이 몰려가는 것을 본 제우스도 가만히 있을 수 없었다.

"나를 지지하는 신들은 모두 올림포스산으로 모여라."

그들은 구름 위에 우뚝 솟은 올림포스산에 요새를 만들기 시작했다.
올림포스산은 훗날 제우스의 근거지가 된다.★

자고로 전쟁에 나서기 전에는 성대한 의식이 필요한 법이다. 제우스
는 제단 앞에 서서 다른 신들과 함께 맹세했다.

"우리는 정의를 실천하고 세상을 평화롭게 만들기 위해 끝까지 싸울
것이다. 승리의 그날까지 모든 힘을 다해 싸우자. 이에 동참할 신들은
대답하라!"

"우워어!"

신들의 함성이 온 세상에 쩌렁쩌렁 울렸다.

신들은 제단에 제물을 바친 뒤 제각기 무기를 챙겨 들고 티탄들을 공
격하기 시작했다. 오소리즈산에 있던 티탄들도 만반의 준비를 마쳤다.
크로노스와 함께 전쟁에 나설 준비가 된 것이다. 평화는 전쟁의 대가라
고 할 수 있다. 어쨌든 전쟁이 끝나야 평화가 오는 법이다. 세상에 그 누
구도 본 적 없는 거대한 전쟁이 시작되었다. 티탄과 신들의 전쟁이 벌
어진 것이다.

콰과광!

하늘은 온통 검은 구름으로 뒤덮였고, 대지는 지진을 일으키며 쩍쩍
갈라져 무너져 내렸다.

번쩍! 우르릉 쾅!

비바람이 거세지더니 이내 천둥 번개가 몰아치며 폭우가 쏟아졌다. 그러더니 구름이 몰려와 잔뜩 뒤엉켰다. 하늘에서도 전쟁이 벌어진 것만 같았다. 제우스는 커다란 바위를 집어 던졌다. 요새가 폭파되며 커다란 돌이 산지사방으로 날아갔다. 티탄들은 날아드는 돌에 맞아 쓰러지기도 했지만, 그 돌을 잡아 제우스의 무리에게 던지기 시작했다.

"저 반역자들을 처단하라!"

크로노스의 명에 따라 집채보다 커다란 바윗돌들이 획획 날아갔다. 올림포스의 신들은 날아오는 바위를 창으로 막아내거나 피하면서 조금씩 전진했다.

"막아라!"

"밀리지 마라!"

마침내 두 세력은 서로 알아볼 수 있을 정도로 가까워졌다. 접전이 벌어졌다. 결국 누군가는 이기고 누군가는 지게 될 터였다. 엄청난 힘과 권능을 지닌 신들의 전쟁은 그 누구도 감히 다가갈 수 없을 정도로 치열해졌다. 하늘이 요동치고 땅이 갈라졌다. 신들은 창과 칼 등 자신이 갖고 있는 다양한 무기로 티탄들을

여기서 잠깐!!

그리스반도 북부에 가면 실제로 올림포스산이 있어. 물론 이 산을 신들이 살던 올림포스산이라고 보기는 어려워. 신화 속 올림포스산은 상징적인, 이념적인 산이라고 할 수 있지. 우리나라에서는 사람이 죽으면 북망산에 간다고 하잖아. 이와 비슷한 개념이라고 보면 돼. 북망산(베이망산)도 중국 허난성 뤄양에 가면 실제로 있는 산이야. 올림포스산에는 수많은 신들의 궁전이 있었어. 그리고 이 궁전들 사이에 큰 길이 있는데, 그 길이 너무 넓고 환해서 밤하늘을 올려다보면 땅 위에서도 보일 정도였다고 해. 그게 바로 은하수, 밀키웨이(milky way), 즉 '젖의 길'이야.

공격하기 시작했다.

"아악!"

"크르르!"

여기저기서 신들과 티탄들의 함성과 비명이 끊이지 않았다. 전쟁은 점점 치열해지며 규모를 키워갔다. 오소리즈산에서 테살리아평원까지 전쟁터가 되었다. 사방에서 불길이 치솟고 연기가 뭉게뭉게 피어났다. 구름과 하늘과 땅과 바다가 뒤엉켜 어디가 어딘지 구분할 수 없었다.

"적들이 그 무엇도 보지 못하게 만들어라!"

티탄들은 화산에 바닷물을 퍼서 들이부었다.

꽈과광! 치이익!

용암이 치솟으며 뜨거운 수증기가 올라오자 한 치 앞도 보이지 않게 되었다. 자칫하면 같은 편끼리 서로를 죽일 것만 같았다.

"작전상 후퇴하라!"

신들은 뜨거운 수증기로 가득 찬 전쟁터에서 서둘러 몸을 피했다. 신들은 이내 전력을 가다듬고는 강력한 무기를 들고 공격에 나섰다. 온 세상이 아비규환이었다. 갈라진 땅 틈으로 티탄들이 떨어지고 죽은 티탄들의 피가 여기저기 흘러내렸다. 10년이 지나도 전쟁이 끝날 기미를 보이지 않자 가이아는 신탁을 내렸다.

"제우스는 들어라. 크로노스에 의해 타르타로스에 갇힌 존재들과 힘을 합치면 이 전쟁에서 승리할 수 있을 것이다."

이 말을 들은 제우스는 용기를 냈다. 즉시 타르타로스에 갇힌 티탄들을 구하는 데 나섰다. 외눈박이 삼 형제 키클롭스는 자신들을 구해준 보답으로 제우스에게 천둥과 벼락을 선물했다. 그리고 포세이돈에게는 삼지창을, 하데스에게는 머리에 쓰면 보이지 않게 되는 투구를 만들어주었다.★

"우리도 은혜를 갚아야 해!"

팔이 100개 달린 헤카톤케이레스 삼 형제는 선봉에 나서 한꺼번에 300개의 바위를 던지며 맹공을 펼쳤다. 게다가 제우스의 신무기 벼락이 엄청난 위력을 발휘했다. 이 전쟁에서 제우스의 편에 선 티탄으로는 헤카톤케이레스 삼 형제, 키클롭스 삼 형제, 오케아노스, 프로메테우스, 스틱스와 그의 자식인 크라토스, 비아, 젤로스, 니케 등이 있었다.

이들에게 맞서기 위해 크로노스는 자신조차 두려워서 타르타로스에 가둬놓았던 나머지 티탄들을 불러올 수밖에 없었다.

"거인들아, 나와라! 나를 도와라! 충분히 보상하겠다."

전세가 불리해지자 크로노스가 극단적인 선택을 한 것이다. 산처럼 커다란 거인들이 올림포스의 신들을 공격하러 나섰다. 거인의 발걸음에 땅이 마구 쪼개지고 갈라지며 크고 깊

여기서 잠깐!!

저승의 신 하데스는 키클롭스에게 귀한 선물을 받았어. 그것은 바로 '퀴네에'라는 투구야. 이 투구는 쓰기만 하면 그 누구의 눈에도 띄지 않는 신비한 능력이 있었어. 하데스는 늘 이 투구를 쓰고 다녔기 때문에 사람들의 눈에 절대 보이지 않았어. 죽은 자들의 영혼이나 귀신, 유령들은 모두 이 투구를 쓰고 다니기 때문에 존재는 있지만 우리에게 보이지 않고 느낄 수도 없는 거야. 보이지도 않고 만질 수도 없는 존재가 있다고 생각하면 두렵지? 인간의 망상이 신화를 만들어낸 것이라고도 볼 수 있어.

은 구덩이들이 생겨났다. 땅속 깊은 곳에 있는 타르타로스가 드러날 정도로 깊은 구덩이였다. 산이 무너지고 바윗돌이 비 오듯 쏟아졌다. 땅이 흔들리며 갈라지고 무너져 내렸다. 바다에서는 해일이 몰아닥치고 집채만 한 파도가 일었다. 사방에서 타오르는 불길로 인해 불꽃과 연기에 하늘이 가려질 정도였다. 하늘이 땅이 되고 땅이 하늘이 될 것처럼 세상이 흔들렸다.

하지만 끝날 줄 모르는 전쟁에 거대한 티탄들도 서서히 힘이 부치기 시작했다. 올림포스의 신들에게 밀릴 듯하자 몇몇 티탄들은 살길을 찾아 슬금슬금 눈을 돌리다 흩어져 사방으로 도망쳤다. 그러나 전쟁에서 자비는 금물인 법. 꼬리의 꼬리까지 없애버리지 않으면 이내 세력을 키워 다시 도전하는 법이다. 올림포스의 신들은 이 사실을 잘 알고 있었다. 제우스는 외쳤다.

"나를 봐라. 어머니 레아가 건넨 돌맹이를 크로노스가 한 번만 살펴봤더라도 오늘의 전쟁은 없었을 것이다. 같은 일을 반복할 순 없다! 끝까지 쫓아가 섬멸하라! 한 놈도 남기지 마라!"

도망친 티탄들은 올림포스 신들의 추격을 받았다. 신들은 세상 끝까지 쫓아가며 티탄이 머무는 곳이라면 어디든 닥치는 대로 파괴했다. 10년간의 전쟁으로 사방이 황무지가 된 데다 무너진 산과 여기저기 갈라진 땅 때문에 세상은 사람이 살 수 없는 곳으로 변했다. 어딜 가도 도망칠 수 없다는 것을 깨달은 티탄들은 다시 그리스로 돌아왔다. 그리스에서 최후의 일전을 벌이려는 티탄들에게 맞서 올림포스의 신들은 거센 반격에 나섰다. 낮과 밤도 없었고, 하늘과 땅도 없었다. 마지막 격전이었다. 이때 가장 큰 힘을 발휘한 것은 100개의 팔을 가진 헤카톤케이레스 삼 형제였다. 그들은 100개의 팔로 100개의 바윗돌을 동시에 집어 던졌다. 다시 한번 엄청난 지진이 일어났다. 크로노스에 의해 땅속 가장 깊은 곳에 감금되어 있던 헤카톤케이레스 삼 형제는 자신들을 구해준 제우스를 위해 최선을 다해 싸웠다.

크로노스가 걱정했던 대로, 또 가이아가 예언했던 대로 100개의 팔을 가진 티탄들이 도와주자 전쟁은 쉽게 끝났다. 올림포스의 신들에게 맞서던 티탄들은 갈라진 땅 틈에 빠져 끝없이 추락했다. 마침내 전쟁은 끝났다. 그 전쟁의 흔적은 지금까지도 사방에 남아 있다. 산산조각 난 산들과 바위가 이곳에서 큰 전쟁이 있었음을 보여준다.

"만세! 이겼다."

올림포스의 신들은 크게 기뻐했다. 이들은 패배해서 세력이 약해진 티탄들을 처벌했다. 키클롭스들이 부지런히 만든 쇠사슬로 항복한 티탄들을 꽁꽁 묶어 타르타로스의 구렁텅이에 던졌다. 그들은 깊고 깊은 지하에서도 견고한 철문이 달린 감옥에 갇혔다. 올림포스의 신들은 그들이 도망치지 못하도록 헤카톤케이레스 삼 형제를 보내 밤낮으로 지키게 했다. 그때부터 티탄들은 지하 세계에서 몸부림치며 밝은 지상 세계를 꿈꾸게 되었다.

"우워어!"

그들이 한 번씩 몸부림칠 때마다 땅이 울리고 지진이 일어났다. 지금도 가끔 지진이 일어나는 건 바로 그 때문이다.

모든 게 끝난 뒤, 여전히 검은 연기가 피어오르는 전쟁터를 뒤로하고 신들은 지친 몸을 이끌고 올림포스로 돌아왔다. 가쁜 숨을 고른 뒤 지상을 내려다본 그들은 경악했다.

"아니, 저럴 수가."

남아 있는 것이 아무것도 없었다. 풀 한 포기, 나무 한 그루 없었다. 그토록 아름답던 대지가 황폐해진 것을 보며 신들은 괴롭고 착잡했다.

"저 아름다운 대지를 되살리려면 우리의 힘이 필요하겠구나."

그러나 그들이 미처 생각하지 못한 게 있었다. 아름다운 땅은 바로 대지의 여신 가이아의 것이었다. 가이아는 자신이 낳은 자식들인 티탄들을 모두 잡아 가두고 승리에 취해 있는 올림포스의 신들을 보며 너무나도 화가 났다.

'나의 혈육을 모두 지하 감옥에 가두어놓다니, 도저히 용서할 수 없다. 게다가 내가 그토록 심혈을 기울여 아름답게 만들어놓은 대지를 이렇게 망가뜨려버리다니……'

잔뜩 화가 난 가이아는 흉계를 꾸몄다.

'또 다른 괴물들을 만들어내야겠다. 저 건방진 신들을 응징할 수 있는 무서운 괴물 말이야.'

그러려면 괴물을 낳도록 도와줄 사내가 필요했다. 사방을 살펴보던 가이아는 마침내 좋은 생각이 떠올랐다.

'그렇지. 타르타로스가 좋겠다.'

가이아는 타르타로스를 불러왔다.

"타르타로스, 나는 신조차 두려워할 만한 존재가 필요하다. 내가 무시무시한 괴물을 낳도록 도와다오."

감히 어느 누구의 명령이라고 거절하겠는가. 타르타로스와 하룻밤을 보낸 가이아는 괴물 티폰을 낳았다. 티폰은 한마디로 상반신은 인간이고 하반신은 뱀인 반인반수 괴물이다. 어깨와 팔 위에는 눈에서 불을 뿜어내는 용 머리가 100개나 솟아 있었으며, 두 팔을 벌리면 동쪽 끝과 서쪽 끝에 닿을 정도로 거대했다. 티폰은 가이아의 자식들 중 가장 크고 가장 힘이 셌다. 티폰이 100개의 머리에서 불을 내뿜으며 울부짖자 그 소리가 폭풍처럼 온 세상에 울려 퍼졌다.

"크르릉!"

듣는 이에 따라서는 사자가 울부짖는 소리 같기도 하고, 거대한 뱀이 쉭쉭거리는 소리 같기도 했다. 티폰이 한 번씩 울부짖을 때마다 태풍이 일고 대지가 흔들렸다. 그 모습을 본 올림포스의 신들은 두려움에 떨었다.

"저런 끔찍한 괴물은 처음 봅니다."

"대지의 여신 가이아가 보통 깊은 원한을 품은 게 아닌 것 같습니다."

티탄들과 맞서 싸운 기억이 아직도 생생한 신들은 너무 두려웠다. 티폰이 100개의 머리에서 불길을 뿜어내며 이빨을 드러내자 신들은 올림포스산에서 내려와 이집트로 도망가고 말았다. 이런 와중에도 제우스는 혼자 남아 올림포스를 끝까지 지켰다.

"이 건방진 괴물 같으니. 도저히 용서할 수 없다."

화가 난 제우스는 티폰에게 달려들었다. 그는 다이아몬드로 만든 거대한 낫을 들고 티폰의 100개에 달하는 목들을 잘라내기 시작했다.

"어디 얼마나 견디나 보자!"

바람처럼 휘두르는 제우스의 거대한 낫에 100개의 용 머리들은 순식간에 땅바닥에 떨어졌다. 하지만 티폰은 신과 마찬가지로 불멸의 존재였다. 100개의 목이 금세 다시 만들어졌다. 그러나 고통만은 어쩔 수 없었다. 용 머리가 생겨날 때마다 잘려 나가니 그 고통을 도저히 견뎌낼 수 없었다.

"캬오오!"

티폰은 고통에 몸부림치며 도망가버렸다. 그러나 제우스는 그런 티폰을 가만두지 않았다. 재빨리 날아가 벼락으로 마지막 일격을 가했다. 마침내 티폰은 눈앞에서 사라져버렸다. 티폰과의 격렬한 전쟁으로 조금씩 회복돼가던 대지는 다시 황폐해졌다.

"이제 한숨 돌릴 수 있겠지."

제우스는 안심했다. 하지만 티폰은 사라졌을 뿐, 죽은 건 아니었다. 제우스는 티폰이 시리아까지 도망갔다는 사실을 알게 됐다.

"땅끝까지라도 쫓아가겠다."

제우스는 다시 티폰을 추격하기 시작했다. 적을 완전히 무찔러 없애지 않으면 반드시 되치기당하는 법이다. 시리아에서 또다시 격렬한 싸움이 벌어졌다. 한 번 당해본 경험이 있는 터라 티폰은 방법을 바꿔 공격했다. 100개의 머리가 갑자기 치솟아 제우스의 온몸을 감더니 조여들기 시작했다. 티폰도 이제 어떻게 싸워야 할지 깨달은 것이다. 제우스가 들고 있던 낫을 빼앗은 티폰은 그의 팔과 다리에서 힘줄을 잘라냈다. 제우스는 더 이상 힘을 쓰지 못하고 실이 끊긴 꼭두각시 인형처럼 풀썩 쓰러지고 말았다.

"크하하하!"

티폰은 기뻐했다. 자신이 드디어 제우스를 꺾었기 때문이다. 티폰은 길리기아에 있는 자신의 은신처로 제우스를 끌고 갔다. 제우스를 동굴에 가둔 뒤 입구를 막을 바위를 찾으러 잠시 나간 사이에 올림포스의 신들 중 머리가 좋고 동작이 빠르기로 유명한 신이 나타났다. 바로 제우스의 아들 헤르메스였다.

"아버지, 어찌하여 이런 모습이 되셨습니까?"

"오, 헤르메스로구나. 내가 티폰을 만만히 봤다. 팔과 다리의 힘줄이 끊겨 움직일 수 없구나."

"잠깐 기다리십시오. 아버지의 힘줄을 찾아오겠습니다."

헤르메스는 높이 날아올라 티폰이 제우스의 힘줄을 어디에 숨겼나 살펴봤다. 옹달샘 부근 나무에 걸어놓은 것을 찾아낸 헤르메스는 재빨리 힘줄을 가져와 무기력하게 누워 있는 제우스의 팔과 다리에 다시 넣고는 신의 바늘로 꿰맸다.

"이제 됐다. 저 교만한 괴물을 단박에 때려잡겠다."

힘줄을 되찾아 온몸의 근육을 쓸 수 있게 된 제우스는 자리에서 벌떡 일어났다.

"캬오오!"

뒤늦게 이를 알아차린 티폰이 다시 제우스를 제압하려고 달려왔지만 이미 때는 늦은 뒤였다. 제우스가 또다시 당할 리 없었다. 제우스는 자신의 가장 강력한 무기인 벼락을 소나기처럼 퍼부었다. 벼락을 맞은 티폰의 몸에서 연기가 뭉게뭉게 피어올랐다. 온몸이 불타오르는 고통에 티폰은 땅을 헤집으면서 도망쳤다. 트라키아산맥까지 간신히 도망친 티폰은 잠시 멈춰 숨을 골랐다. 고통을 참느라 그의 거대한 몸이 들썩였다. 트리키아산 정상은 그가 흘린 피로 붉게 물들었다. 훗날 사람들이 이곳을 '피의 산맥'이라 부르게 된 것은 이 때문이다.

티폰은 계속 도망치다가 마침내 시켈리아(현재의 시칠리아)섬에서 제우스에게 사로잡혔다. 제우스는 티폰에게 100개가 넘는 벼락을 던졌다. 벼락을 맞은 티폰은 머리가 새로 생겨날 틈도 없이 온몸이 불에 타서 그대로 땅속에 가라앉아버렸다.

"도저히 분이 풀리지 않는구나. 저 괴물이 다시 살아나지 못하도록 하겠다!"

제우스는 거대한 산을 들어 티폰을 눌러놓았다. 그래도 티폰은 완전히 죽지 않았다. 그 산을 뚫고 올라오기 위해 머리를 치켜들던 티폰은 기력이 다해 마지막으로 불을 뿜은 뒤 산 밑에 깔려 그대로 숨이 끊어지고 말았다. 그 산이 바로 에트나산이다. 에트나산은 활화산으로 오늘날까지 불길이 솟아오르고 있다.

티폰을 물리침으로써 제우스는 마침내 최후의 승리를 거두고 올림포스로 돌아왔다. 도망갔던 신들도 다시 올림포스에 모였다. 모두들 승리를 축하하면서도 앞날에 대한 걱정을 억누를 수 없었다.

"그나저나 저 황폐한 대지를 어떻게 하면 좋겠는가?"

제우스가 근심스러운 얼굴로 다른 신들에게 물었다.

"사람들이 모두 두려워하고 있습니다. 대지를 빨리 평화롭고 비옥하게 만들어야 합니다."

"맞습니다. 사람들이 웃는 소리를 듣고 싶습니다."

모두의 의견이 하나로 모였다. 갈 길은 정해졌다.

"나 혼자서 이 대지를 다 관리할 순 없다. 신들의 체계를 만들고 각 신들에게 적절한 임무를 부여하겠다."

판단은 빠르고 실행은 단호했다. 제우스는 각각의 신에게 고유한 의무를 부여했다.

"우선 나는 이 하늘의 주인이 되어 모든 것을 총괄하겠다."

"알겠습니다."

"포세이돈, 내가 모두를 관리할 순 없으니 바다는 그대가 담당하라."

포세이돈은 삼지창★을 든 채 고개를 숙이더니 그대로 바닷속으로 향했다.

"하데스, 너는 지하 세계를 맡아라. 그곳에서 죽은 사람들의 영혼을 거두고, 무엇보다 지하 세계에 갇혀 있는 거인들을 잘 감시하도록 해라."

이 세상의 3분의 1인 지하 세계는 하데스가, 또 다른 3분의 1인 바다는 포세이돈이, 그

여기서 잠깐!!

포세이돈의 무기인 삼지창은 '트리덴트'라고 불리는데, '트리'는 셋이라는 뜻이고 '덴트'는 이빨이라는 뜻이야. 포세이돈은 이 삼지창으로 구름과 비와 바람을 마음껏 부릴 수 있었어. 우리나라 무속신앙에서도 장군은 삼지창을 들고 있는 모습으로 묘사돼. 삼지창이야말로 신의 상징인 것이지. 삼지창의 세 갈래 창 끝에는 작살처럼 미늘이 붙어 있어. 그걸 보면 물고기 잡는 도구라는 것을 알 수 있어. 물고기를 잡던 무기가 신의 위엄과 권위를 드러내는 상징물로 쓰이게 된 거야. 무속신앙에서 삼지창이 무당의 권위를 나타내고 장군 신의 위엄을 보여주는 것이나 마찬가지이지.

리고 나머지 3분의 1인 하늘과 땅은 제우스가 맡아 다스리게 되었다. 이들은 상하 관계라기보다는 각자 독립적인 권한을 가지고 자신이 맡은 지역을 다스렸다. 이렇게 커다랗게 구획을 나눈 뒤 제우스는 세세한 부분을 조율했다.

"헤라는 나의 아내로서 나와 함께 이 땅을 다스리도록 한다."

그리하여 헤라는 하늘의 여왕이 되었으며, 결혼을 지키고 가정을 보호하는 신이 되었다.

"모든 신들이 함께 살 수 있도록 올림포스산 정상에 황금 궁전을 짓겠다."

신들이 앞다퉈 나서자 올림포스산 정상에는 순식간에 황금 궁전이 만들어졌다. 온통 금으로 만들어서 제대로 눈을 뜨고 볼 수 없을 정도로 화려하고 장엄했다. 궁전을 만들었으니 지킬 이도 필요했다.

"아름다운 세 여신, 너희들은 이 궁의 입구를 지켜라. 나는 구름이 끼는 것이 싫으니 구름이 이 부근으로 몰려오면 멀리 쫓아내거라."

제우스가 임무를 맡긴 건 아우에르스 세 여신들이었다. 이들이 열심히 일해서 올림포스산 정상에는 항상 태양이 비추고 그늘지는 법이 없었다. 비도 오지 않고 바람도 불지 않아 항상 밝고 명랑한 분위기가 가득했다. 춥거나 덥지 않을 뿐만 아니라 온화하고 고요하며 늘 평화가 감돌았다. 신들이 있을 때는 태양 빛이 항상 가득했지만, 모두가 궁을 비울 때면 구름 장막을 쳐서 올림포스산에 신이 있는지 없는지 알기 어렵게 만들었다. 그러다가 신들이 돌아오면 바로 구름을 쫓아내 화사한 햇살이 가득 차게 해주었다.

구름이 뒤덮고 있는 아래에는 대지가 있었다. 구름은 수시로 비를 내려주었다. 빗물은 영양분이 땅속에 녹아들게 해서 풀과 나무가 무성하게 자라도록 해주었다. 시간의 변화에 따라 봄, 여름, 가을, 겨울이 순차적으로 대지를 감쌌다. 그 안에 인간의 온갖 희로애락이 자리했다. 이제는 평화롭게 세상을 통치하는 일에 신경 써야 했다. 제우스는 신들에게 임무를 주며 통치의 기틀을 마련했다. 그는 올림포스의 많은 신들 가운데 리더가 될 만한 열두 신을 지정했다. 그 신들은 다음과 같다.

첫 번째는 당연히 제우스였다. 제우스는 최고 신으로, 천둥과 벼락 같은 무서운 힘을 가지고 있었으며, 신은 물론이요 인간들에게도 아버지 역할을 했다. 그렇기에 그가 최고 권좌에 오르는 건 당연했다. 어느 신도 이의를 제기하지 않았다.

두 번째는 그의 아내인 헤라였다. 헤라는 제우스에 버금가는 권력을 가지고 있었다. 그녀는 하늘을 다스리는 동시에 여자들을 보호하고 결혼을 소중히 여기는 결혼의 신이었다. 뿐만 아니라 제우스와의 사이에서 다른 신들을 낳기도 했다.

이 둘을 신들의 우두머리라고 한다. 그 밑에 있는 열 명의 신은 다음과 같다. 아테나, 아폴론, 포세이돈, 아르테미스, 아프로디테, 헤파이스토스, 데메테르, 헤르메스, 아레스, 헤스티아. 이 열 명의 신을 합해 올림포스 12신이라고 한다.

간략히 소개하면 아테나는 투구와 갑옷을 입고 창과 방패로 무장한 푸른 눈의 여신이다. 전쟁의 여신으로, 지혜와 전쟁, 기술과 직물, 예술과 정의를 담당했다.

아폴론은 수금을 들고 다니는데 빛을 관장할 뿐만 아니라 음악도 그가 책임지는 분야였다.

바다의 신 포세이돈의 상징이 삼지창이라면 아르테미스의 상징은 활이었다. 아르테미스는 달과 숲, 그리고 사냥의 여신이다.

아프로디테는 미와 사랑의 여신이다. 그녀의 아들은 에로스다. 에로스는 올림포스 12신에는 속하지 않지만 사랑을 관장하는 귀염둥이 신이다.

신들 가운데는 장애를 가진 이도 있었다. 바로 헤파이스토스다. 다리를 절룩거리는 그는 공예 실력과 불을 다루는 데 있어서 그 누구도 따라올 자가 없었다.

인간에게 가장 큰 은혜를 베풀어준 신은 아마도 데메테르일 것이다. 곡물 또는 대지의 여신인 데메테르는 풍요를 관장하는 신답게 그에 대한 상징으로 이마에 황금으로 된 옥수수 화관을 쓰고 있었다.

티폰과의 싸움에서 곤란에 빠진 제우스를 구해주었던 헤르메스는 그 누구보다 빠르게 움직였다. 두 마리 뱀이 감겨 있는 지팡이를 들고, 날개 달린 모자를 쓰고, 날개 달린 신발을 신은 그는 하늘부터 땅속 깊숙한 곳까지 가지 못하는 곳이 없었다. 헤르메스는 전령의 신이자 상업, 여행, 도둑의 신이기도 하다.

전쟁과 파괴를 주관하는 아레스는 갑옷과 투구, 칼이나 창, 방패로 무장하고 있었다.

헤스티아는 가정을 지키는 신으로, 가정을 추위로부터 보호해주는 난롯불이 꺼지지 않도록 지켜주는 겸손하고 다정한 여신이다.

이렇게 열두 신이 각자 임무를 나눠 맡았다. 이들은 올림포스에서 암브로시아를 먹고 넥타르를 마셨다. 신들이 영원한 젊음을 구가하게 된 것은 바로 이 신들의 음식 덕분이었다. 게다가 이들 곁에서 뮤즈가 항상 춤과 노래를 들려주었다. 이들의 노래가 끝나면 신들은 제우스를 찬미하는 노래를 바치곤 했다.

오, 제우스 신이여. 영광스러운 신이시여.
우리는 모두 당신의 위대함을 존경합니다.
천하를 휘어잡은 당신의 힘은 무궁무진합니다.
영원히 지배하시며, 삶과 죽음을 규정하시는 당신.
하늘과 대지, 그리고 모든 존재들이
당신의 명령에 따르며 충성을 다합니다.

티탄과의 전쟁에서 이긴 제우스는 이 세상을 합리적으로 다스려서 모든 신들의 존경을 받았다. 제우스는 평화의 신이지만 결코 유약하지 않았다. 모두들 그를 두려워하면서도 존경했다. 높은 왕좌에 가만히 앉아 있기만 해도 그에게선 카리스마가 엿보였다. 게다가 그의 옆에는 아내인 헤라가 있었다. 아름다움과 단호함, 그리고 위엄을 지닌 헤라는 제우스의 권위를 더해주었다.

제우스는 이때부터 올림포스산에서 모든 것을 내려다보며 다스렸다.

때에 따라서는 벼락을 때리기도 했다. 제우스는 법을 무시하는 자들을 가장 싫어했다. 제우스가 화나면 하늘이 온통 시꺼멓게 변했다. 그 누구도 그의 분노를 잠재울 수 없었다. 그는 천둥과 번갯불로 세상을 통치했다. 그렇다고 아무나 응징했던 것은 아니다. 법을 잊은 자들, 평화를 깨는 자들에게만 제우스의 응징이 내려졌다. 사람들이 법을 잘 지키고 자신에게 순종하며 의무를 다하면 제우스는 햇볕과 비를 적당히 섞어서 내려주었다. 제우스의 가호 아래 많은 농산물이 수확되면서 사람들의 삶은 풍요로워졌다.

올림포스 12신은 언제든 제우스가 명령만 내리면 수행할 준비가 되어 있었다. 그 밖에도 참모처럼 그의 뜻을 실행에 옮기는 신들이 있었다. 그중 하나가 법의 여신이다. 테미스는 법의 여신으로, 제우스가 법을 어겼는지 어기지 않았는지 물으면 그에 대해 판단을 내리고 그 결과를 인간에게 전달해주었다. 제우스의 법은 인간들이 무조건 받아들여야 하는 절대명제였다.

아스트라이아는 정의의 여신으로, 거짓말을 하거나 옳지 않은 것을 증오했다. 불의를 보면 제우스에게 그 사실을 알렸고, 제우스는 죄를 다스리라는 명령을 내렸다. 제우스는 의로운 사람들에게는 복을 내리고 정의를 훼손시킨 사람들에게는 재앙을 내려 응징했다. 하지만 제우스는 관용과 자비도 갖춘 신이었다. 법을 어긴 자가 뉘우치고 사죄하면 용서해주기도 했다. 복수의 여신 에리니에스는 응징에 나섰다가도 제우스가 용서해주라고 말하면 바로 물러났다.

제우스는 인간 세상에 선물을 주기도 했다. 그중에는 기쁨과 슬픔도 있었다. 올림포스 궁전에는 두 개의 항아리가 있었다. 하나에는 이 세상의 좋고 즐거운 것들이 가득 차 있고, 다른 하나에는 온통 좋지 않은 것들이 있었다. 맨 처음에 제우스는 인간들에게 좋은 것만 주려고 했다. 그러자 옆에 있는 신들이 말했다.

"인간들에게 좋은 것만 주면 금방 오만해질 겁니다. 자기가 잘해서 그렇게 된 줄 알고 당연하게 여길 테니 고통을 적당히 섞어서 함께 주는 게 좋겠습니다."

"맞습니다. 달콤한 것만 먹으면 입이 즐거운 줄 모르지요. 짜고 쓴 것을 함께 먹어야 달콤함을 소중히 여기게 되는 것이나 마찬가지입니다."

그 말도 맞는 것 같았다.

"그래, 그렇다면 이 둘을 동시에 주겠다."

제우스는 선과 악을 함께 내려보냈다. 아름다움과 추악함, 즐거움과 괴로움이 인간들에게 내려왔다. 그러나 인간들이 그 선물을 고루 받은 것은 아니었다. 악의 항아리에서 나온 선물을 많이 받은 자들은 불행했다. 선의 항아리에서 나온 선물을 받은 자들은 행복했다. 그런데 선의 항아리는 악의 항아리보다 작았다. 그래서 선한 행복을 맛볼 수 있는 이가 그리 많지 않은 것이다. 그럼에도 불구하고 인간들은 자신의 삶에 만족하며 살아가야 한다. 산다는 것 자체가 고통스럽지만, 어쩌다 한 번씩 가끔 행복이 주어지기에 그나마 견딜 수 있는 것이다.

이렇듯 행과 불행이 갈리니 인간들은 제사를 올리며 제우스에게 애원했다.

"우리에게 좋은 일만 주십시오. 제우스 신이시여, 복을 내려주세요."

제우스

제우스는 신화 속에서 왜 여자만 보면 달려드는 바람둥이로 표현됐을까? 아버지 크로노스를 밀어내고 권력을 차지한 뒤 제우스는 신들의 왕으로서 힘을 갖기 위해 인간 가운데 협력자를 찾아야 했어. 그 방법의 하나로 아름다운 여인들과 사랑을 나누고 자식을 낳은 거야. 그의 자식들은 하나같이 뛰어난 능력을 자랑하며 든든한 아군이 되어주었어.

하지만 제우스는 단호했다.

"인간들아, 어리석구나. 신조차도 고통과 슬픔, 선과 악에 시달리고 있다. 신조차 고통을 겪어내고 있는데 하물며 인간이 그것을 모면하겠다는 것이냐? 그것은 너희들의 운명이다."

그렇게 하여 인간들은 선과 악 속에서 갈등을 일으키며 고통받는 삶을 살아가게 됐다.

인간의 삶에서 마지막 순간은 제우스의 세 딸인 냉혹한 모이라이가 관장했다. 모이라이가 결정하는 것에 제우스는 관여하거나 간섭하지 않았다. 모이라이는 누군가가 착한지 악한지, 좋은 일을 했는지 나쁜 일을 했는지 판단하는 신이 아니었다. 자신들의 힘을 그저 무턱대고 휘두를 뿐이었다. 다른 이를 위해 희생했다거나 착한 일을 했다고 해서 봐주는 법이 없었다. 악인이라고 해서 응당한 벌을 받는 것도 아니었다. 살인범이 평생 잘 먹고 잘 사는 경우도 있었다. 인간은 다만 여신들의 결정에 복종할 수밖에 없었다. 모이라이의 결정은 운명이었기에 그 누구도 거스를 수 없었다.

모이라이 중 첫째 클로토는 운명의 실을 자아냈는데, 실의 길이에 따라 생명의 길이가 결정됐다. 실이 끊어지면 그 사람의 운명은 거기서 끝이었다. 선한가 악한가는 전혀 상관없었다. 그저 실이 언제 끊어지는가에 따라 결정될 뿐이었다. 둘째 라케시스는 눈을 감은 채 운명의 실을 감거나 피륙을 짰는데, 그에 따라 사람들의 운명이 정해졌다. 한마디로 인간은 좋든 싫든 주어진 운명에 따라 살아가야 했다. 막내는 아트로포스다. 아트로포스는 언니들이 정해준 운명과 수명을 바로 문서에 기록했는데 그 누구도 이를 바꿀 수 없었다. 모이라이조차 한번 쓰면 지울 수 없었다.

이들 모이라이는 잔인하고 융통성 없지만 위엄 있고 엄격했다. 세 운명의 여신들이 정해놓은 운명의 틀에서 벗어날 수 있는 인간은 단 하나도 없었다. 인간의 운명은 이렇듯 가혹하다.

올림포스에 이렇게 험하고 잔인한 신들만 있는 것은 아니었다. 자비로운 신들도 많았다. 티케가 대표적이다. 티케는 행복과 풍요를 주는 여신이다. 제우스는 티케에게 아말테이아의 뿔을 주었다.

"이것은 어려서 나를 키워준 염소의 뿔을 내가 실수로 부러뜨린 것이다. 이것으로 인간 세상에 풍요로움을 선사하라."

풍요와 행복의 여신 티케는 항상 즐거운 마음으로 가득 차 있었으며, 이곳저곳 돌아다니는 것을 좋아했다. 그녀는 자신의 발길이 닿는 곳마다 마법 뿔에서 나오는 선물을 마구 뿌려주었다. 그러다 보니 엉뚱한 곳이나 자신이 좋아하는 곳에만 풍요를 선물하는 것을 본 제우스가 티케를 불러 명했다.

"너는 앞으로 눈을 가리고 다니도록 해라."

"제우스 신이시여, 왜 그러세요?"

"한쪽에만 계속 풍요를 주면 문제가 생기기 때문이다."

그리하여 티케는 헝겊으로 두 눈을 가리게 되었다. 그녀는 이후에도 내킬 때마다 풍요를 선물했다. 그러자 풍요로운 지역에 갑자기 가뭄이 오기도 하고 가물었던 지역에 갑자기 비가 많이 내리기도 했다. 뿐만 아니라 티케는 만나는 사람이 누구든, 그가 정의로운 사람이든 악인이든 뿔을 뒤집어서 풍요를 선물했다. 열심히 일하는 성실한 사람이 아니라 놀고먹다가 횡재하는 사람이 생기기도 하는 이유는 바로 티케가 눈을 가리고 있기 때문이다. 티케를 만나는 사람은 누구든 행운을 누렸다. 그러나 티케를 만나는 것은 결코 쉬운 일이 아니었다. 사실 그녀를 만나는 것 자체가 행운이 필요한 일이었다.

이렇게 제우스는 신들에게 임무를 주면서 인간들을 돕도록 했다. 하지만 인간들과 신이 직접 소통할 순 없었다. 어떻게 하면 인간들에게 자신의 뜻을 전할 수 있을까 고민하고 있는데, 제우스가 사랑하는 떡갈나무에 한 사람이 찾아왔다. 도토리를 주우러 왔던 남자는 그 나무가 제우스의 나무라는 것을 알아보고는 제물을 바치며 신세 한탄을 했다.

"제우스 신이시여, 저는 어찌하면 좋습니까?"

아무런 기대도 하지 않고 말했는데, 제우스의 목소리가 들려왔다.

"나는 제우스다. 너는 무슨 일 때문에 이곳에 왔느냐?"

떡갈나무 잎이 흔들리는 소리가 말소리처럼 들리자 남자는 깜짝 놀랐다.

"신이시여, 하시고 싶은 말씀이 있으면 제게 전하소서."

제우스는 인간들에게 하고 싶었던 말들을 그에게 들려주었다. 벌벌 떨면서 제우스의 이야기를 듣던 남자는 사람들에게 달려가 자신이 들은 이야기를 그대로 전달했다.

"곧 홍수가 온다니 대비하시오. 이건 제우스 신의 말씀이오."

처음에는 믿지 않던 사람들은 진짜 홍수가 나자 그의 말을 따르거나 궁금한 것이 있으면 그에게 묻기 시작했다. 그럴 때마다 남자는 제우스의 떡갈나무를 찾아가 이것저것 물었다. 이런 일이 계속되면서 그는 제우스의 목소리를 듣고 전해주는 사제가 되었다. 사람들이 궁금해하는 것을 신에게 전하고 신탁*에 의해 그 물음에 답해주는 능력을 갖게 된 것이다. 널리 소문이 퍼지면서 제우스의 충고를 듣기 위해 떡갈나무에 찾아오는 사람들이 부쩍 늘어나자 그곳에 제우스의 신전이 세워졌다.

세월이 흐르면서 여기저기에 제우스의 신전이 세워졌지만, 가장 유명한 것은 올림포스 신전이다. 그리스 사람들은 도시국가를 세워 여기저기 흩어져 살면서 4년에 한 번씩 올림포스 신전 앞에서 만나 경기를 열었다. 이것이 나중에 올림픽 경기가 되었다. 경기가 열리면 전쟁도 멈추고 사람들은 오직 경기에서의 승리만을 생각했다. 승리자는 머리에 올리브나무 화관을 썼는데, 이는 제우스의 눈에 어긋남이 없는 승부를 통해 정정당당하게 승리자가 되었다는 의미였다. 이렇게 제우스는 강력한 신으로서 모든 신화에 등장하며 신과 사람들을 다스리는 통치자가 되었다.

여기서 잠깐!!

신탁이란 신의 뜻을 맡는다는 뜻이야. 그리스 사람들은 평범한 인간은 신의 뜻을 알기 어려우며 오직 사제만이 신의 뜻을 듣고 전해줄 수 있다고 생각했어. 신전에 가서 사제들에게 물어보면 인간의 운명을 주관하는 신들의 뜻을 미리 알 수 있다고 믿은 거야. 그런데 사제의 신탁이라는 것이 두루뭉술해서 귀에 걸면 귀걸이, 코에 걸면 코걸이인 경우가 많았어. 그래서 잘못 해석하고 그에 따라 잘못된 행동을 하기도 했지. 신전이 지진대에 위치하다 보니 땅속 깊은 곳에서 만들어진 유황 같은 환각성 기체가 틈새로 들어와 이를 마신 사제가 그것에 취해 비몽사몽한 상태에서 하는 말을 신탁으로 받아들였다는 의견도 있어.

4

신들의 어머니 헤라

모든 형제가 태어나자마자 아버지 크로노스에게 삼켜졌던 터라 제우스는 막내로 태어났으나 형제 중 맏이 노릇을 해야 했다. 아버지가 토해낸 다른 형제들이 성숙할 때까지 제우스는 기다렸다. 그래야 힘을 합쳐 아버지를 몰아내고 자신이 권력을 차지할 수 있을 것이기 때문이었다.

"저 녀석들이 나중에 나에게 도전하면 큰일인데."

크로노스는 자신이 토해낸 자식들이 성장한 뒤 힘을 합쳐 자신에게 몰려올까 봐 어떻게든 없애려고 호시탐탐 기회를 노리고 있었다. 레아는 자신의 자식들을 구하고 싶었다. 그 가운데는 제우스의 아내가 될 헤라도 있었다. 헤라는 어머니 레아의 품에서 자랐다. 레아는 자신의 품에 안긴 딸 헤라를 어떻게 하면 잘 키울 수 있을지가 가장 큰 고민이었다. 그래서 헤라를 어딘가에 숨겨야겠다고 생각했다.

"헤라, 너는 내 뒤를 이어 이 땅의 어머니 신이 되어야 한다. 크로노스에게 또다시 잡아먹히게 둘 순 없어."

크로노스를 피해 이곳저곳 떠돌던 레아는 헤라를 어디에 숨겨야 안전할지 고민했다. 누군가에게 잘못 맡겼다가 크로노스에게 일러바친다면 헤라가 위험해질 수 있었기 때문이다. 뿐만 아니라 레아는 자신의 딸이 아름다운 여신이 되려면 아름다운 것만 보고 자라야 한다고 생각했다. 하늘 아래 가장 아름다운 곳은 헤스페리데스*의 정원이었다. 조용히 아름다움을 즐기며 자신들만의 행복한 삶을 살고 있는 헤스페리데스에게 헤라를 맡기면 크로노스가 절대 찾지 못할 거라는 생각이 들었다.

'맞아. 그곳에 숨겨야겠다.'

헤스페리데스가 사는 곳이 딱 맞는 곳이라고 생각한 것은 아름다운 것은 물론 너무 멀

여기서 잠깐!!

헤스페리데스는 석양의 요정으로도 불리는 밤의 딸들이야. 닉스와 에레보스, 닉스와 아틀라스, 제우스와 테미스, 혹은 포르키스와 케토의 딸이라고 알려져 있어. 아이글레, 에리테이아, 히스페라레투사 세 자매로 이뤄져 있는데, 이들의 숫자 역시 의견이 분분해. 헤스페리데스는 서쪽의 오케아노스 바닷가에서 살다가 나중에 아틀라스산 아래 자리를 잡게 돼. 이들은 황금 사과를 지키면서 암브로시아가 솟아나는 샘 근처에서 춤추고 노래하며 지냈어.

어서 크로노스가 그곳까지 찾아갈 일이 없을 거라고 봤기 때문이다. 먼 훗날 영웅 헤라클레스나 페르세우스가 찾아온 적이 있지만, 그곳은 인간은 물론이고 신도 발을 딛기엔 아득하게 먼 곳이었다. 그만큼 멀고 접근하기 힘들었기에 절대적으로 안전하다고 판단한 것이다.

레아는 서쪽을 향해 움직이기 시작했다. 딸을 품에 안고 열심히 날아갔다. 자신이 살던 땅을 떠나 바다와 산을 건너 헤스페리데스의 정원 쪽으로 다가갈수록 칙칙하던 땅의 빛깔은 아름답게 바뀌었다. 마침내 헤스페리데스의 정원에 도착한 레아는 꽃밭에 사뿐히 내려앉았다. 꽃밭은 인간이 상상할 수 없을 정도로 아름다울 뿐만 아니라 그곳에 들어선 자라면 누구든 넋을 잃을 정도로 황홀한 향기를 뿜어냈다. 이곳에 살고 있는 여신 아우에르스와 요정 헤스페리데스는 그 무엇도 아쉬울 것 없이 행복했다. 이들은 아무 걱정 없이 행복한 나날을 보내고 있었다. 레아가 도착할 무렵 언니들 셋이 마중 나와 있었다.

"레아야, 어쩐 일이니? 반갑구나."

"언니."

그들은 서로 끌어안으며 인사를 나눴다. 언니들의 얼굴은 기쁨으로 가득했지만, 레아는 어두운 기색을 감추지 못했다. 품 안에 안고 있던 딸을 내려놓자 언니들은 헤라를 보고 물었다.

"무슨 일이 있구나. 어린 딸을 데리고 이곳까지 온 걸 보니……."

"언니, 저는 이 세상 여인 중 가장 불행한 여인일 거예요. 흑흑흑!"

"레아야, 울지 말고 얘기해보렴. 무슨 일이 있었니?"

"제가 당한 그 찢어지는 아픔을 언니들은 상상도 못 할 거예요."

레아는 자신이 자식을 낳을 때마다 남편 크로노스가 잡아먹었다는 이야기를 털어놓았다.

"크로노스는 우라노스의 자리를 빼앗은 주제에 자기 자리를 뺏길까 봐 내 아이들을 잡아먹었어요."

"그런데 이 아이는 어떻게 데리고 왔니?"

"제우스 덕분이에요. 지혜로운 나의 막내아들 제우스가 크로노스에게 맞섰지 뭐예요. 그래서 다른 아이들을 다 구할 수 있었어요. 이 아이들은 아직 미숙하지만 금세 신의 자질을 갖추고 강력한 힘을 갖게 될 거예요."

"그때까지 크로노스의 눈에 띄면 큰일나겠구나."

"그래서 언니들에게 왔어요. 언제든지 아이들이 눈에 띄기만 하면 다시 잡아먹어버릴 거예요. 게다가 이 아이는 보통 아이가 아니랍니다."

그 말을 듣고 아우에르스는 헤라를 자세히 살펴보았다.

"모든 신과 인간들이 우러러보는 여신이 될 거라는 예언이 있었어요. 이 머나먼 곳에서라면 우리 딸 헤라를 안전하게 지킬 수 있을 것 같아 부탁하러 온 거예요. 언니들, 제발 우리 딸을 잘 지켜주세요. 온화하고 아름다운 여신으로 자랄 수 있게 도와주세요."

더없이 행복했지만 아무 일도 일어나지 않는 삶에 무료했던 여신들은 반색했다.

"아무 염려하지 마라. 우리가 잘 돌봐줄게. 그나저나 이렇게 예쁜 아이는 처음 보는구나. 친딸처럼 보살펴주마."

그날 밤 즐거운 시간을 보낸 뒤 레아는 마음 놓고 돌아갔다.

한편, 헤라는 매일매일 이모들과 함께 즐겁게 노는 게 일이었다. 이모들은 놀아주고 먹여주고 씻겨주었을 뿐만 아니라 헤라가 신들의 어머니가 될 수 있도록 교육시켰다. 세상에 대해 알려주고, 자연의 섭리와 신들의 이야기들을 하나하나 가르쳤다. 헤라는 그 모든 것을 빠짐없이 흡수했다. 엄청난 지식과 교양이 그녀 안에 축적됐다.

　　세월은 순식간에 흘렀다. 헤라는 눈부시게 아름다운 외모뿐만 아니라 충만한 내면을 지닌, 여엿한 여신이 되었다. 헤라를 보고 놀라지 않는 신이 없었다. 새와 동물들도 그녀의 미모에 홀려 가까이 다가올 정도였다. 그러나 헤라의 진정한 아름다움은 외모에서 나오는 것이 아니었다. 외적으로만 보면 사실 헤라의 미모는 다른 여신들보다 부족한 면이 있었다. 헤라가 신들의 어머니가 될 수 있었던 것은 그녀가 갖고 있는 지식과 교양에 힘입은 바 컸다. 헤라는 공부하는 것을 좋아했으며 새로운 것을 보면 늘 배우려고 했다. 그렇게 헤라는 신과 인간을 돕는 어머니 같은 여신이 되었다. 헤라는 끊임없이 아우에르스에게 질문했다.

　　"이 세상은 누가 만들었나요?"

　　"카오스라는 신이 만들었지."

　　이 세상의 기원부터 신들의 뜻과 자신들의 운명 등 헤라는 다양한 질문을 쏟아냈다.

　　"저 아래 있는 인간들은 어디에서 나서 어디로 가는 건가요?"

　　"인간들은 우리 신들과 달라. 저들은 반드시 죽게 되어 있단다. 가끔 불멸의 존재가 되는 사람도 있지만 그런 이는 흔치 않아."

　　헤라는 이런 식으로 모든 것에 호기심을 보였다. 영웅이건 인간이건 신이건 배우지 않으면 능력을 최대한 발휘할 수 없는 법이다. 봄, 여름, 가을, 겨울이 어떻게 오는지, 천체는 어떻게 맞물려 움직이는지 공부했다. 구름과 천둥과 바다와 폭풍이 어떤 원리로 일어나는지도 모두 이해했다. 하늘의 별을 보며 그 별들이 어떻게 인간들에게 희망의 메시지를 주는지도 알게 됐다. 이 모든 것을 알게 되면서 헤라는 자기 안에 있는 힘이 바깥으로 분출되려는 것을 느꼈다. 헤라는 자신도 모르게 신으로서의 능력을 길러 나가고 있었던 것이다. 꾸준히 배우고 노력하면서 헤라는 신의 능력을 넘칠 정도로 갖추게 되었지만, 이를 실제로 발휘해본 적은 없었다. 하늘을 사랑하는 헤라는 언젠가 자신이 신들과 함께 살 거라고 생각하면서 혼잣말을 했다.

"아, 내가 저 하늘의 여왕이 될 수 있다면 얼마나 좋을까? 많은 신들을 이끌고 그들이 행복하도록 도울 수 있다면 얼마나 좋을까?"

헤라의 뜨거운 염원은 이리스에게 닿았다. 무지개의 여신 이리스는 신들의 전령이자 심부름꾼이었다. 이리스는 헤라가 무척 사랑스러웠다. 그녀는 헤라를 기쁘게 해주려고 간혹 고운 색깔 무지개를 띄워주곤 했는데, 그때마다 헤라는 그 아름다움에 취해 넋을 놓고 무지개를 쳐다봤다. 또한 헤라는 동물 중에서 공작을 가장 좋아했다. 낙원 같은 이곳에서 공작은 가장 화려한 새였다. 꽁지깃을 펼치면 그 화려함은 무엇도 따라올 수 없었다. 다른 새들과 감히 견줄 수 없는 아름다움 덕분에 공작은 헤라의 상징이 되었다.

그날도 바닷가의 큰 바위에서 세 여신이 헤라에게 날씨를 마음대로 다루는 방법을 가르쳐주고 있었다.

"헤라야, 네 안의 욕망을 바깥으로 뿜어내면서 온 하늘에 명령을 내리는 거야. 어두운 마음으로 하늘을 바라보면 구름이 낄 것이고, 밝은 마음으로 하늘을 바라보면 구름이 걷히고 해가 쨍쨍해질 거란다. 비바람과 천둥 번개도 만들 수 있어. 어디 한번 해보겠니?"

신으로서의 능력을 연습해야 하는 헤라는 마음이 복잡해졌다.

'과연 내가 잘 해낼 수 있을까?'

자신의 부족함이 드러날까 봐 두렵기도 했지만 동시에 한번 해보고 싶기도 했다. 두려웠지만 그만큼 강한 욕망도 있었다. 자신의 앞길을 가로막는 것이 있다면 분연히 깨고 나아가야겠다는 생각이 들었다.

"해보겠어요. 제 마음을 하늘에 표현해보겠어요."

헤라는 생각을 가다듬은 뒤 하늘을 향해 두 팔을 벌렸다. 그러자 기이한 일이 벌어졌다. 한쪽 하늘은 맑고 다른 쪽 하늘은 구름이 잔뜩 낀채 천둥과 번개, 비, 바람, 우박이 한꺼번에 모두 쏟아져 내린 것이다. 평온하던 세상은 갑자기 뒤죽박죽이 됐다. 헤라는 자신이 뜻하는 대로, 마음먹는 대로 온 하늘과 땅이 변하는 것을 보면서 자신이 마침내 전지전능한 여신이 되었다는 것을 느낄 수 있었다. 헤라는 너무 기뻤다.

"아, 내가 드디어 완벽한 여신이 되었구나. 이제 그 누구도 두렵지 않아."

세상을 다 가진 것 같은 헤라의 얼굴에선 광채가 뿜어져 나올 정도였다. 이제 그녀에게 필요한 것은 새로운 모험뿐이었다. 그때 하늘에서 까만 점 하나가 점점 커지는 게 보였다. 헤라는 그 점이 자신을 향해 다가오는 것을 유심히 지켜봤다.

'저게 대체 뭐지?'

그 점은 점점 커지더니 이윽고 새 모양이 되었다. 그것은 거대한 독수리였다. 독수리는 헤라가 서 있는 아름다운 들판 위를 몇 바퀴 돌더니 마침내 땅에 내려왔다. 거센 바람을 일으키며 땅에 발을 디딘 독수리의 등 위에서 잘생긴 청년 신이 하나 내려오는 것 아닌가. 그는 바로 하늘과 땅의 지배자 제우스였다. 제우스는 헤라에게 서슴없이 다가왔다.

"그대가 바로 헤라구나!"

"누, 누구세요?"

"나는 하늘의 신 제우스다."

제우스는 사실 헤라의 동생이었다. 하지만 헤라는 아버지의 배 속에 갇혀 있느라 자신이 미숙한 채로 있는 동안 완벽한 신의 자질을 갖춘 제우스가 마치 오빠처럼 듬직하게 느껴졌다.

"장하다. 드디어 하늘에 명령을 내릴 수 있는 위엄 있는 여신이 되었구나. 그런 기술들은 대체 누구에게 배웠지?"

"이모들이 가르쳐주셨어요. 저는 하늘과 땅과 이 세상을 정말 사랑한답니다."

"너는 이곳에 계속 머무를 것이냐, 아니면 꿈을 향해 나아갈 것이냐? 나는 네 꿈을 알고 있다. 넌 하늘의 여왕이 되고 싶지?"

"예, 맞아요."

제우스는 이미 헤라의 마음을 읽고 있었다.

"그렇다면 나와 함께 그리스로 가자. 그곳에 가면 하늘의 여왕이 될 수 있다. 그리고 원한다면 나의 아내가 될 수도 있지."

헤라는 망설이지 않았다. 하늘의 여왕이 되려면 최고의 남신과 결혼해야 했다. 이는 당연한 선택이었다.

"알겠습니다. 당신의 헌신적인 아내가 되겠어요."

"그렇다면 함께 갑시다."

헤라는 제우스의 아내가 되기로 결심했다. 자신의 아내가 될 신이기에 제우스는 헤라에게 존대하기 시작했다. 제우스는 헤라와 함께 독수리 등에 올라탔다. 헤라는 기쁜 마음으로 이모들에게 작별을 고했다.

"그동안 감사했습니다. 이제 저의 길을 가겠습니다."

"그래, 장하구나. 우리는 네가 더 큰 세상으로 나아갈 것을 알고 있었단다."

모두들 기뻐해주었다. 독수리는 하늘로 힘차게 날아올랐다. 헤라가 떠나자 세 여신은 눈물을 흘렸다.

"아, 헤라에게 행복이 있기를."

"하지만 걱정이야. 제우스의 저 잘생긴 얼굴을 봐."

"그러게 말이야. 헤라가 속 좀 썩을 것 같아."

누구나 살아온 세월만큼 혜안이 생기는 법이다. 세 여신은 능력 있고 잘생긴 제우스의 모습에서 젊은 신의 오만함은 물론 호색한 기질을 엿볼 수 있었다. 헤라의 삶이 순탄치 못할 것 같은 예감에 여신들은 마음 한편이 무거웠다.

"하지만 헤라는 강한 아이야. 우리가 강하게 키웠잖아."

"그럼, 설령 제우스가 우리가 우려한 일을 벌이더라도 절대 상처받지 않을 거야."

"맞아. 오히려 제우스를 아주 혼내줄지도 몰라. 호호호!"

세 여신이 이렇게 걱정하는 것도 모르고 독수리 등에 올라탄 헤라는 제우스의 품에 안긴 채 하늘 높이 올라갔다. 독수리는 날개를 퍼덕이더니 눈 깜짝할 사이에 바다를 건너고 산맥을 넘었다. 어느새 그리스에 다다르자 헤라는 자신이 떠나왔던 고향을 바라보며 감격했다.

"아, 저곳이 바로 이다산이로군요."

올림포스산도 눈에 들어왔다. 아버지 크로노스가 다스리는 땅은 정말로 아름답고 장대했다. 크로노스와 적대적 관계인 제우스는 헤라에게 모든 것을 말해주기 시작했다.

"당신이 낙원에 머무는 사이에도 아버지는 계속 잔인한 짓을 저질렀소. 사람들을 엄청나게 많이 죽였고, 신들도 여지없이 지하 감옥에 가뒀지. 게다가 우리 형제들이 탈출한 뒤 다시 잡아먹기 위해 사방에 얼마나 많은 신들을 보내 수소문했는지 모른다오. 그나저나 당신은 어떻게 그 먼 곳까지 갈 생각을 했소?"

"어머니가 나를 그곳에 데려다주셨어요."

"아, 그랬군요."

자신이 낙원에서 꿈을 키우는 동안 세상에 얼마나 끔찍한 일이 벌어졌는지 알게 된 헤라는 마음이 몹시 무거워졌다. 독수리 등에 올라타 아름다운 세상으로 가리라 꿈꿨던 헤라는 걱정이 앞섰다.

"이토록 끔찍하게 변해버린 세상을 위해 내가 무슨 일을 해야 할까요?"

"크로노스와 티탄들을 몰아내야 하오. 아버지를 왕좌에서 밀어내고

이 땅에 새로운 질서가 자리 잡게 해야 하오."

　이 모든 것을 바로잡을 이는 제우스 자신이라는 뜻이었다. 헤라는 고개를 끄덕였다. 부부는 일심동체다. 제우스의 운명은 곧 헤라의 운명이었다.

　"내가 도울 수 있는 일이라면 무엇이든 돕겠어요."

　"좋아요. 헤라 그대의 능력이라면 충분히 도움이 될 거요. 우리 함께 새 세상을 만들어봅시다."

　마침내 헤라는 올림포스로 돌아왔다.

5

신들의 결혼

헤라가 가세하자 힘을 얻은 제우스는 신들을 모아놓고 크게 외쳤다.

"이제 세상을 우리가 차지하자! 신들이여, 뭉쳐라!"

제우스와 형제들은 물론 다른 신들까지 힘을 합쳐 크로노스와 전쟁을 벌였다. 그러나 단박에 결판이 날 것 같던 전쟁은 10년 동안이나 계속됐다. 모두들 지치고 지친 나머지 제우스만 보면 불평불만을 쏟아냈다.

"제우스 신이시여, 너무나 힘듭니다. 이대로 죽을 것만 같아요."

"도대체 이 전쟁은 언제쯤 끝나는 겁니까?"

각자 사정을 이야기하고 불만을 토해내는 가운데 헤라는 한마디도 하지 않았다. 이 전쟁에서 이겨야 자신의 위치가 확고해진다는 것을 지혜로운 헤라는 알고 있었기 때문이다. 그리고 마침내 전쟁은 끝났다. 제우스는 크로노스를 몰아내고 그 자리에 올랐다. 그의 손에 신과 인간과 온 세상이 들어온 것이다.

"축하해요, 당신."

제일 먼저 축하해준 것은 헤라였다. 결혼하기로 마음먹었지만 아직 식은 올리지 못한 상태였다. 이제 제우스의 아내로서 온 세상에 자신이 여왕이 되었음을 알릴 수 있는 시간이 온 것이다. 오랫동안 바라온 원대한 꿈이 이루어지는 순간이었다.

"자, 이제 결혼식을 준비해라!"

제우스가 우렁찬 목소리로 명령했다. 결혼식이면서 동시에 승전 기념식이기도 한 큰 행사였다. 그 누구도 본 적 없는 화려하고도 웅장한 결혼식이 준비됐다. 신들은 최선을 다해 선물을 준비했다. 제일 먼저 이리스는 하늘에 연신 아름다운 무지개를 뿌려댔다. 또한 무지개에서 뽑아낸 정기를 엮어 일곱 색깔 무지갯빛 면사포를 만들어주었다. 무게가 전혀 느껴지지 않는 면사포는 이 세상 그 어느 물건과도 비교할 수 없는 화려함을 뿜냈다. 면사포를 쓴 헤라는 젊음과 아름다움이 절정에 오른 모습을 보여주었다. 이에 질세라 카리테스의 미의 여신 셋은 헤라에게 거미줄처럼 가느다란 금실로 만든 가운을 입히고 귀걸이와 목걸이, 팔찌 등으로 화려하게 꾸며주었다. 마지막은 티아라였다. 비단결같이 아름다운 머리칼 위에 황금 왕관 티아라를 꽂아주자 헤라의 아름다움은 완성됐다. 아름다운 신부와 함께 제우스가 왕좌에 앉았다. 신들은 각자 가져온 최고의 선물을 부부의 발치에 가져다 바쳤다.

그때 갑자기 바닥에 균열이 가기 시작했다. 대리석이 갈라지면서 싹이 하나 올라오더니 눈 깜빡할 사이에 한 그루의 나무로 자라났다. 이내 잎이 나고 꽃이 활짝 피더니 열매가 맺혔는데, 바로 황금 사과였다. 신들조차 그 모습을 보고 벌린 입을 다물지 못했다. 그것은 결혼식에 참석하지 않았지만 대지의 여신 가이아가 보낸 선물이었다. 멀리 있는 이모들 역시 선물을 보내주었다. 가장 아름답고 가장 화사한 봄 날씨를 선물한 것이다. 높은 산꼭대기에 위치헤 다소 쌀쌀한 올림포스 궁전에 훈훈한 봄바람이 불어왔다. 게다가 꽃향기와 새소리가 온 천지에 가득했다.

뿐만 아니라 하늘이 열리며 아름다운 천상의 음악이 들려왔다. 맨 앞에 서 있는 것은 음악의 신 뮤즈였다. 아기 천사들은 나팔을 불고 헤르메스는 피리를 연주했다. 아폴론은 수금을 뜯었다. 천상의 음악답게 아무리 오래 들어도 질리지 않는 아름다운 소리가 울려 퍼졌다. 음악에 맞춰 온 세상의 요정과 신들이 노래를 불렀다. 숲속에서는 나무의 요정 드리아스가 노래했다. 강과 바다, 산에 깃들어 있는 신들도 화음을 맞췄다. 카리테스와 올림포스 신들이 목소리를 높여 이제 막 결혼한 부부를 위해 노래를 했다. 온 세상에 음악 소리가 퍼져 나갔다.

결혼식을 마친 뒤 제우스와 헤라는 구름 위를 걷기 시작했다. 행진이었다. 형형색색의 구름 위를 걸으며 두 신은 세상을 살폈다. 온 세상이 제우스와 헤라의 결혼을 축복해주는 것만 같았다. 마침내 최고의 여신이 된 헤라는 더없이 만족스러웠다. 그러면서 결심했다.

'세상을 위하여, 이 세상의 모든 결혼한 사람들을 위하여, 그리고 가

정을 위하여 축복을 내리는 여신이 되겠어.'

이 결심 때문에 두고두고 제우스와 부딪히게 되지만, 아무튼 헤라는 자신의 꿈을 이뤘다.

그런데 어느 잔치에나 늦게 오거나 잔치 자체를 못마땅하게 여기는 이가 있는 법이다. 헤라의 결혼식에도 그런 요정이 하나 있었다. 그 요정의 이름은 헬로네였다. 헬로네는 자신 역시 미모가 빠지지 않는데 왜 제우스가 자신이 아닌 헤라와 결혼하는 것인지 불만스러워하며 결혼식에 가기 싫어 꾸물댔다. 그래서 걷는 시늉만 하며 아주 천천히 움직였다. 음악 소리가 들려오자 헬로네는 생각했다.

'음악 소리가 들리는 것을 보니 이제야 결혼식이 끝났나 보군. 하지만 신들에게 밉보일 수는 없으니 계속 걷는 척해야겠다.'

헬로네는 제자리에서 거의 움직이지 않으면서 걷거나 뛰는 시늉을 했다. 세상 만물을 모두 꿰고 있는 헤라가 이 사실을 모를 리 없었다.

'오늘이 기쁜 날이라 참아보려 했지만 헬로네, 너는 어쩔 수 없구나. 네가 그렇게 천천히 걷기를 원한다면 원하는 대로 해주마.'

높은 구름 위에서 헤라는 마법을 부렸다. 처음으로 써보는 능력이었다.

"어라, 내 몸이 왜 이래?"

우아하게 걷는 시늉을 하던 헬로네의 몸이 갑자기 쪼그라들면서 피부가 점점 딱딱해졌다. 그녀는 마침내 껍질 안에 갇혀 거북이가 되고 말았다. 거북이를 세상에서 가장 느린 동물이라고 말하게 된 것은 이런 이유 때문이다.

✳
헤라

올림포스 신들의 여왕인 헤라는
사실 마음고생을 엄청나게 했어.
바로 제우스의 끊임없는 바람기
때문에 말이야. 아름다운 여성은
거의 다 제우스의 표적이 될 정도
로 제우스는 계속 바람을 피워댔
어. 헤라는 대상이 된 여성뿐만 아
니라 그들의 자식까지 벌주었지.
하지만 헤라는 가정의 여신답게
처음부터 끝까지 제우스만을 사랑
했어. 헤라가 질투의 화신이라 불
리게 된 것은 어쩌면 당연한 결과
인지도 몰라.

헤라는 남편 제우스와 함께 올림포스 최정상에 군림했다. 그녀는 온 세상을 통치했다. 엄청난 권력도 갖게 되었다. 헤라 역시 제우스처럼 천문과 기상을 관장했다. 마음만 먹으면 비나 천둥 번개를 내리는 것은 일도 아니었다. 또한 지상에 있는 여인들을 보호해주기로 결심한 헤라는 모든 결혼식에 참석해 축복을 내려주었다. 모든 아내들이 자신처럼 헌신하며 행복한 가정을 이끌고 남편이 외도하거나 딴짓하는 것을 막도록 힘을 실어주었다. 그렇기에 헤라는 자신의 맹세를 저버리고 바람을 피우거나 불륜을 저지르는 여인들을 용서하지 않았다. 헤라는 무엇보다 제우스와 자신 사이에 끼어드는 존재를 증오했다. 헤라의 미움을 받은 여인들은 평생 고통 속에서 헤매야만 했다. 그 대표적인 사례로 강의 신 이나코스의 딸인 아름다운 이오가 있다.

결혼하고 나서 얼마 지나지 않았을 때였다. 제우스는 올림포스 궁전에서 아래를 내려다보다가 이오를 발견했다.

'저렇게 아름다운 여인이 있었단 말인가? 내 여인으로 만들고 싶군.'

사실 여인들은 죄가 없었다. 각자 열심히 살고 있었을 뿐이다. 높은 올림포스산 꼭대기에서 내려다보는 제우스가 마음에 들어 하는 것을 말릴 수는 없었다. 늘 제멋대로 행동하는 제우스는 앞뒤 재보지도 않고 이오를 자신의 여인으로 만들어버리기로 결심했다. 눈치 빠른 헤라는 제우스가 이오를 탐낸다는 것을 금세 알아차렸다.

'저 여인을 그냥 두면 안 되겠구나.'

제우스는 헤라가 이오에게 벌을 내리기 전에 조치를 취했다. 이오를 하얀색 암소로 만들어버린 것이다.

'설마 암소로 만들었다고는 짐작도 못 할 거야. 제아무리 헤라라고 해도 절대로 찾지 못할걸.'

하지만 여인의 직감은 무서운 법이다. 헤라는 세상에 보기 드물게 예쁜 하얀 암소를 보자마자 제우스가 이오를 암소로 만들어버렸다는 것을 알아차렸다. 하얀 암소를 쓰다듬으며 예뻐하는 제우스를 노려보며 헤라는 궁리했다.

'저것을 어떻게 없애지? 죽여버리면 제우스가 분명히 화를 낼 거야. 그렇다면…… 그래, 나에게 달라고 해야겠다.'

헤라는 천연덕스럽게 미소를 띠고 제우스에게 다가갔다.

"사랑하는 제우스, 나에게 선물 하나만 주세요."

"무엇을 갖고 싶소?"

"요즘 당신이 기르고 있는 저 하얀 암소를 선물로 주세요."

"하고많은 소 중에 왜 하필 저 암소를 달라는 거요?"

제우스는 살짝 당황했다.

"너무 귀엽고 예쁘잖아요. 두고두고 옆에서 지켜보고 싶어요."

제우스는 아찔했다. 하지만 어쩔 수 없었다. 겨우 암소 한 마리일 뿐인데 못 주겠다고 하면 의심받을 것이 뻔했기 때문이다.

"그렇다면 당신이 갖도록 하시오."

헤라는 이오를 넘겨받자마자 언덕 꼭대기로 끌고 올라갔다. 그러곤 거대한 나무 밑에 꽁꽁 묶어놓은 뒤 아르고스를 불렀다. 아르고스는 눈이 100개 달린 무시무시한 거인이다.

"아르고스, 너에게 중요한 임무를 주겠다."

"말씀만 하십시오, 신들의 여왕이시여."

"이 암소를 잘 지켜라. 잠잘 때도 눈을 50개만 감고 나머지 50개는 떠서 잠시 빈틈도 없이 이 암소를 지키거라."

"알겠습니다."

한편, 나무 밑에 묶인 이오는 생각했다.

'제우스 신이시여, 저를 왜 이렇게 만들었습니까? 제가 무슨 죄를 지었단 말입니까? 제발 도와주세요.'

이오의 간절한 염원은 제우스에게 전해졌다. 제우스는 이오를 구해주고 싶었지만 어쩔 수 없었다. 잘못했다가는 헤라에게 바가지를 긁힐 게 뻔했기 때문이다. 어떻게 해야 할지 몰라 고민하던 제우스는 자신의 전령 헤르메스를 불렀다.

"헤르메스, 저기 저 암소가 보이느냐?"

"예, 정말 아름다운 암소로군요."

"저 암소는 사실 이나코스의 딸 이오다. 잘 살펴보다가 기회를 틈타 자유롭게 해주면 좋겠구나. 무시무시한 아르고스*가 지키고 있으니 조심해야 한다."

"알았습니다. 저만 믿으십시오."

헤르메스는 날개 달린 신발을 신고 하늘에서 내려왔다. 그는 암소 이오에게 눈길도 주지 않고 환한 미소를 지은 채 아르고스에게 다가갔다.

"오랜만이오, 아르고스."

아르고스는 헤르메스를 반갑게 맞았다. 제우스의 전령인 헤르메스가 저렇게 밝은 얼굴로 온 것을 보니 좋은 일이 있을 게 분명하다고 생각한 것이다.

"어떤 좋은 소식을 전해주러 왔는가?"

"좋은 일이 항상 있겠는가? 오늘은 내가 기분이 좋아서 자네에게 음악이나 한 곡 들려줄까 해서 찾아왔네."

"오, 자네의 음악은 아주 훌륭하지. 신나는 곡을 들려주게나."

헤르메스는 피리를 꺼내 들었다. 곧 청아한 음악이 울려 퍼졌다. 그런데 헤르메스가 들려주는 곡은 흥을 돋우는 음악이 아니라 자장가였다. 너무도 부드럽고 아름다운 자장가 소리에 아르고스의 눈이 한두 개씩 감기기 시작했다. 계속 자장가가 이어지자 마침내 100개의 눈이 모두 감기고 아르고스는 깊은 잠에 빠지고 말았다.

"이오, 그동안 고생 많았다. 제우스 신의 뜻이다. 너는 이제 자유다. 어서 도망치거라. 아주 멀리 가거라. 제우스 신은 물론 헤라 여신의 눈에도 띄지 않는 게 좋을 거다."

이오는 고맙다는 듯 고개를 끄덕인 뒤 서둘러 언덕을 내려갔다. 멀리멀리 도망가고 싶었다. 하지만 곧 잠에서 깬 거인이 보고해서 헤

여기서 잠깐!!

아르고스라는 이름은 《그리스 로마 신화》에 여러 번 등장해. 제우스와 니오베의 아들도 아르고스이고, 이아손의 모험에 언급되는 아르고호를 만든 목수도 아르고스야. 여기서 이야기하는 아르고스는 100개의 눈을 가진 거인으로, 헤라의 든든한 부하였지. 이 이야기 속 아르고스에 대해서는 다른 이야기도 전해져. 아르고스가 100개의 눈을 다 감고 잠이 들자 헤르메스가 그의 목을 단칼에 베어 바위산 아래로 던져버렸어. 이를 안타깝게 여긴 헤라가 그의 눈을 다 뽑아서 자신의 상징인 공작새의 꼬리에 달아주었어. 그래서 지금도 공작새의 꼬리 깃털을 보면 태극무늬 같기도 하고 눈 같기도 한 동그란 무늬가 있다고 해.

라가 이 사실을 알게 됐다.

"뭐라고? 그렇게 잘 감시하라고 했건만 겨우 소 한 마리도 지키지 못하고 놓쳤단 말이야?"

"죄송합니다."

아르고스는 100개의 눈을 껌뻑이며 머리를 조아렸다.

"에잇, 안 되겠다. 덩치만 컸지 아무 쓸모도 없구나. 그렇다면 덩치가 작은 놈을 보내 괴롭혀야겠다."

헤라는 올림포스산으로 벌레 한 마리를 불러 올렸다. 그것은 등에였다. 소의 피를 빨아 먹는 흡혈 곤충인 등에에게 마법을 부려 박쥐만큼 커다랗게 만들었다.

"저 하얀 소가 보이느냐? 가서 저 소의 피를 빨아 먹어라."

등에는 명령을 받자마자 쏜살같이 땅으로 내려갔다. 등에에게는 독침이 있어서 이것으로 찌르면 소나 말이 깜짝 놀라 도망을 칠 정도다. 평범한 등에도 그런데, 하물며 등에의 몸집이 박쥐만큼 커지면서 독침도 갈대처럼 굵어졌으니 어땠겠는가?

한참 도망치던 이오는 편안한 마음으로 풀을 뜯고 있었다. 아르고스가 쫓아오지 않자 드디어 해방됐다고 생각한 것이다.

'이제 자유구나. 사람으로 돌아가지 못하더라도 제우스 신에게 겁탈당하거나 그의 노리개가 되지 않는다면 소의 모습이어도 행복하게 살 수 있을 것 같아.'

모처럼 맛본 자유를 만끽하고 있을 때였다. 하늘에 박쥐만큼 커다란 등에가 나타났다. 목표는 하얀 점처럼 보이는 이오였다. 등에는 쏜살같이 내려와 두꺼운 소가죽을 뚫고 그대로 침을 찔러 넣었다. 그 순간, 평화롭게 풀을 뜯던 이오는 펄쩍 뛰어올랐다. 마치 인두로 지진 것처럼 등허리가 아팠다.

"음메에!"

이오는 등에를 떼어내려고 펄쩍펄쩍 뛰었다. 하지만 등에는 찰싹 달라붙어 계속 피를 빨아 먹었다. 멀리 도망가면 쫓아와서 침을 찌르고 또 찔렀다. 참을 수 없는 통증에 이오는 자신이 어디로 가는지 생각지도 못하고 무조건 멀리멀리 뛰어갔다. 한참 동안 미친 듯이 달려가다 보니 바닷가가 나타났다. 이오는 앞뒤 가릴 것 없이 그대로 바다로 뛰어들었다. 바닷속으로 풍덩 들어갔지만 헤라의 명령을 받은 특별한 등에가 아닌가. 가만히 노려보다가 이오가 숨을 쉬기 위해 수면 위로 떠오르자마자 독침으로 다시 찔렀다.

'아악! 너무해!'

등에는 계속 쫓아다니며 이오를 괴롭혔다. 이오가 뛰어든 이 바다는 이오의 이름을 따서 이오니아해라고 부른다.

한편, 물가로 올라온 이오는 계속 도망쳤다. 트라키아 지방 쪽이었다. 등에도 계속 쫓아왔다. 이오는 트라키아와 국경을 마주한 스키타이까지 도망가 마침내 카프카스산맥에 도착했다. 험난한 산맥이 하늘을 찌를 듯 서 있는데, 누군가 쇠사슬로 그곳의 거대한 바위에 묶여 있는 게 보였다. 바로 프로메테우스였다. 인간에게 불을 가져다주었다는 이유로 제우스가 그곳에 매달아놓고 벌을 주는 중이었다. 등에에게 온몸이 물리고 뜯겨 이오는 이제 흰 암소가 아니라 붉은 암소처럼 보일 정도였다. 이오는 프로메테우스에게 다가가 자신의 사정을 간절히 말했다. 제우스가 견제할 만큼 전능한 신인 프로메테우스는 비록 암소의 모습이지만 이오의 말을 알아들을 수 있었다.

"아, 당신은 무슨 죄를 저질러서 그렇게 고통받고 있습니까? 아니, 죄를 저지르지 않았을 수도 있군요. 나 역시 아무 죄 없이 소가 되어서 이렇게 고통받고 있으니까요."

"이나코스의 딸 이오여, 참으로 측은하구나. 어서 오거라."

"저를 아십니까?"

이오는 프로메테우스가 자신을 알고 있다는 사실에 놀랐다.

"나는 바로 인간들에게 불을 전해준 프로메테우스다. 너와 나는 어찌하여 이렇게 신세가 비슷하단 말이냐. 너는 헤라에게 미움을 받았구나. 나는 제우스에게 미움을 받았단다."

"아, 우리는 교묘하게 통하는 것이 있군요. 그들 부부 때문에 둘 다 끔찍한 고통을 겪고 있으니까요. 저는 왜 이런 고통을 겪어야 하는지 도무지 모르겠습니다."

이오는 자신의 처지 못지않게 프로메테우스가 측은했다. 프로메테우스와 이오가 서로에게 느끼는 감정은 동병상련이었다.

"가엾은 이오, 네가 고통에서 벗어나려면 오랜 시간이 걸릴 것이다. 이집트로 가거라. 이집트로 가면 헤라의 눈을 피해 제우스가 너를 도와줄 것이다. 그곳에서 너는 다시 여자가 될 수 있을 것이다."

그 말을 들은 이오는 너무 기뻤다.

"저에게 희망이 생겼습니다. 용기가 생겼습니다. 고통을 이겨낼 수 있을 것 같습니다."

프로메테우스의 모습을 보자 이오는 자신의 고통 따위는 아무것도 아니라는 생각이 들었다. 이오는 다시금 힘을 내 카프카스산맥을 넘어간 뒤 계속 남쪽으로 내려왔다가 서쪽으로 달렸다. 이곳을 이오니아라고 부르게 된 것은 이오 때문이다. 이오는 쫓아오는 등에를 피하기 위해 괴물들이 가득한 바다를 헤엄쳐 건너야 했다. 이오의 몸에서 나는 피 냄새를 맡고 온갖 괴물들이 쫓아왔다. 괴물들이 쫓아와 그녀의 몸에 상처를 입히고 피를 빨았다. 이오는 제대로 먹지도 못하고 자지도 못한 채 계속 도망쳤다. 등에는 여전히 그녀를 쫓아왔다.

"아, 드디어 새로운 땅이 보이는구나!"

마침내 이오는 아프리카에 도착했다. 이오는 계속 달렸다. 나일강의 근원을 찾아야 했기 때문이다. 등에는 여기까지도 쫓아왔다. 인간이라면 누구나 치러야 하는 통과의례처럼 이오가 성장하기 위해 겪어내야 하는 운명이었다. 모래사막이 끝나고 야자수가 가득한 곳에 도착하자 저 멀리 바다처럼 거대한 맑은 강이 보였다. 아프리카 내륙에서 지중해로 흘러 들어가는 나일강이었다. 강가에 제우스가 광채를 뿜으며 서 있었다.

"불쌍한 이오, 여기까지 오느라 고생이 많았다."

이오는 자신의 고통이 이제 끝났다는 것을 알 수 있었다. 제우스를 향해 달려가는 이오를 등에가 여전히 쫓아왔지만, 제우스가 손을 한 번 휘두르자 땅바닥에 떨어지고 말았다. 그리고 이오는 마침내 아름다운 여인의 모습으로 변했다. 제우스는 이오의 머리를 쓰다듬어주었다.

"아름다운 이오, 그동안 고생 많았다."

"제우스 신이시여, 알아주시니 감사합니다."

"너는 이곳에 자리 잡아 자손을 낳고 살게 될 것이다. 나는 빨리 헤라에게 돌아가야겠구나."

제우스는 이오를 한 번 어루만져주더니 눈앞에서 사라졌다.

"아아, 매정한 신이시여."

혼자 남겨진 이오는 그곳에 자리 잡게 되었다. 그녀가 소에서 인간의 모습으로 변하는 것을 본 사람들이 몰려와 그녀를 자신들의 여왕으로 받들었다.

그런데 제우스가 머리를 만져준 것만으로도 이오는 잉태하게 되었다. 아이의 이름은 에파포스. '접촉'이라는 뜻이다. 에파포스는 이집트의 창시자로, 첫 번째 왕이 되었다. 이후 그들의 집안에서 수많은 영웅들이 태어났다. 그리스의 영웅 헤라클레스도 바로 이 집안 출신이다.

6

올림포스의 사건들

헤라는 질투의 화신이라 불리는데, 그녀를 비난하기에 앞서 그녀가 질투를 하게 된 원인부터 살펴봐야 한다. 그 원인은 바로 제우스다. 제우스는 수없이 바람을 피우며 여자들을 만나 임신시켰다. 자신의 자손을 널리 퍼뜨리려는 것은 남자들의 본능이다. 그것이 원인이 되어 헤라의 증오심과 시기심이 발동한 것이다.

헤라는 신들에게나 사람들에게 좋은 아내가 어떤 것인지, 행복한 가정이 무엇인지 보여주고 싶어 했다. 그래서 제우스를 위해 목숨 걸고 싸웠고, 아내로서의 의무와 도리를 다했다. 그러다 보니 현모양처 헤라가 평생 제우스만 바라보고 살았을 것 같지만, 사실 그렇지는 않다. 헤라를 유혹하기 위해 손을 뻗은 남자가 있었다. 바로 인간인 이크시온이었다.

테살리아의 왕 이크시온은 폭군이었다. 땅 위에서 그는 못 하는 것이 없었다. 라피테스족을 이끄는 그는 자신의 마음대로 법을 시행하고, 자신의 마음에 들지 않는 자들은 처형했다. 모든 백성들이 그를 몰아내기를 염원했다. 신들이 도와 결국 민란이 일어났다.

"이크시온을 쫓아내라!"

"이크시온 같은 폭군은 필요 없다!"

성난 사람들이 궁으로 몰려오자 이크시온은 겨우 몇 가지 물건만 챙겨 황급히 도망쳤다. 하지만 그가 도망치는 곳마다 사람들이 돌과 몽둥이를 들고 쫓아왔다.

"저기 도망간다."

"이크시온이다. 죽여라."

사람이 드문 곳을 찾아 신전으로 들어간 그가 잠시 숨을 돌리려고 하면 금세 신이 나타나 그를 쫓아냈다.

"못된 왕 이크시온! 내 신전을 더럽히지 말고 당장 나가거라!"

이렇게 신과 인간에게 끊임없이 쫓겨 다니던 그는 마침내 신들 중에서도 왕인 제우스의 신전에 도착했다. 간신히 챙겨 나온 금은보화는 없어진 지 오래고, 돌에 맞아 온몸이 피투성이가 되어 있었다. 끔찍한 독재자의 모습은 간데없고 상처 입은 짐승 같은 불쌍한 모습으로 제우스의 신전에 들어와 엎드렸다. 제우스는 신들의 왕답게 너그럽고 관용 있는 신이었다. 물론 그런 성격이 화가 나면 더 무서운 법이긴 하다.

이크시온은 무릎을 꿇고 엎드려 눈물을 흘리며 제우스에게 기도했다.

"제우스 신이시여, 살려주십시오. 당신은 누구든 보호해주시는 분이 아닙니까."

이크시온은 신전 바닥에 엎드려 통곡하며 애원했다. 그 간절함이 울려 퍼져 올림포스에 있는 제우스에게 닿았다.

누군가 자신을 애타게 부르자 제우스는 자신의 신전으로 내려와봤다. 이크시온이 꿇어 엎드려 끊임없이 절규하고 있었다.

"너는 한때 왕이었던 이크시온이 아니냐?"

"그렇습니다. 백성들에게 쫓겨나 이곳까지 왔습니다. 저는 더 이상 갈 곳이 없습니다. 사람들도 저를 싫어하고 신들도 저를 증오합니다. 제우스 신이시여, 당신만이 저를 구해주실 수 있습니다."

제우스는 그의 모습을 보고 측은한 마음이 들었다. 왕좌에서 쫓겨난 데다 이리 비참한 모습이 되었으니 죗값은 치를 만큼 치렀다는 생각이 들었다.

"좋다. 내가 너를 올림포스로 데리고 가겠다. 지상에는 몸을 숨길 곳이 없다고 하니 그것이 내가 주는 마지막 선물이다."

그리하여 이크시온은 순식간에 신들의 영역인 올림포스로 날아가게 되었다. 갑자기 생각지도 않은 엄청난 은혜를 입자 이크시온은 어리둥절했다.

"헤베, 어서 오너라."

헤베 여신이 다가와 제우스의 명을 기다렸다.

"아버지, 부르셨습니까?"

"이크시온에게 먹을 것과 마실 것을 가져다주어라."

헤베는 제우스와 헤라의 딸이다. 효녀인 그녀는 어머니인 헤라를 위해 마차를 정비하고, 오빠 아레스를 위해 빨래를 해주거나 그가 필요로 하는 모든 것을 도와주었다. 이처럼 올림포스에서 헤베가 하는 일은 굉장히 많았다. 헤베에게 주어진 임무 중 가장 중요한 것은 암브로시아와 넥타르를 신들에게 나눠주는 것이었다. 암브로시아와 넥타르는 신들만 먹을 수 있는 음식으로, 인간이 먹으면 영원히 늙지 않을 뿐만 아니라 불멸의 존재가 될 수 있었다. 그렇기에 헤베는 이 일에 큰 긍지를 가지고 있었다. 잠시 후 헤베는 커다란 쟁반에 암브로시아와 넥타르를 담아 왔다.

"이 음료와 이 음식은 영원한 젊음을 줄 거예요. 이 영원한 젊음은 내가 선물하는 거랍니다."

'헤베'라는 이름 자체가 젊음이라는 뜻을 가지고 있다. 이렇듯 부지런한 헤베를 모든 신들이 좋아했다. 밖에 나갔다 돌아오면 헤베를 불러 넥타르를 마셨고, 배가 고프면 암브로시아를 달라고 청했다. 이크시온이 감사를 표한 뒤 넥타르를 마시고 암브로시아를 먹는 것을 보며 제우스는 말했다.

"헤베, 언젠가 너에게 걸맞은 훌륭한 짝을 꼭 구해주마."

"고맙습니다, 아버지."

헤베는 이크시온에게 넥타르를 한 잔 더 권했다. 이크시온은 반색하며 받아 들었다.

"정말 맛있습니다. 한 번도 경험해보지 못한 천상의 맛입니다."

이크시온은 신들의 음식인 암브로시아와 넥타르를 정신없이 먹었다. 그런데 갑자기 몸이 가벼워지더니 불멸의 존재가 되는 것 아닌가. 한마디로 신이 된 것이다. 이것은 오로지 제우스의 관용이 있었기에 가능한 일이었다.

"아, 이제 살 것 같네."

신들의 음식을 먹고 기운을 차린 이크시온은 주변을 둘러봤다. 사방에 보이는 신들은 하나같이 아름다운 용모를 뽐내고 있었다. 그중에서도 헤라의 기품 있고 우아한 모습은 단연코 돋보였다.

'아, 저렇게 아름답기에 모두들 헤라, 헤라 하는 거구나. 딱 내 이상형이네.'

제우스가 잠시 자리를 비우자 이크시온은 헤라에게 다가가 유혹의 말을 던졌다.

"아름다운 헤라 여신이시여, 그대는 참으로 기품이 있는 데다 고고하시군요."

제우스가 여자들을 어떻게 유혹하는지 질릴 정도로 봐온 헤라는 그 한마디만 듣고도 이크시온이 어떤 수작을 부리려고 그러는지 눈치챘다. 헤라는 그에게 눈길도 주지 않은 채 코웃음을 쳤다.

'남자라는 족속은 왜 다 저 모양일까?'

하지만 이크시온은 계속 헤라에게 추근댔다.

"저에게 잠시 시간을 내주시겠습니까. 아름다운 당신과 즐거운 이야기를 나누며 시간을 보내고 싶군요. 부디 제 사랑을 받아주십시오. 이제 저도 신이 되었으니 자격은 충분하다고 생각합니다만……."

그러자 헤라가 분연히 일어나며 말했다.

"이크시온, 잘 들어라. 나는 결혼을 관장하고 지키는 신이지 그걸 깨는 신이 아니다. 제우스와 나는 피를 나눈 형제이자 부부이며 같이 전쟁을 치른 전우이기도 하다. 감히 우리 사이에 끼어들어 관계를 깨뜨리려고 하다니, 있을 수 없는 일이다."

준엄하게 타일렀지만 이크시온은 듣지 않았다.

"그래도 저는 당신을 나의 여인으로 삼고 싶습니다."

"그런 얘기는 어디 가서 입 밖에도 꺼내지 마라. 제우스 신의 노여움을 사게 될 것이다."

그러나 신이 된 이크시온은 기고만장했다. 이 세상 모든 일이 쉽게만 보였다. 그는 신들과 마주칠 때마다 쓸데없는 소리를 해대며 자신의 명을 재촉했다.

"헤라와 맺어지고 싶은데, 도와주시오. 이러다가 내가 헤라의 남편이 되면 곧 신들의 왕이 되는 것 아니겠소?"

그는 다른 신들에게 서슴없이 헤라와 맺어지고 싶다고 말했다. 이런 사실이 제우스의 귀에 들어가지 않을 리 없었다.

"뭐라고? 불쌍해서 구해줬더니 감히 내 아내를 넘봐?"

툭하면 남의 여자와 남의 딸들을 넘보는 주제에 제우스는 자신의 아내를 유혹하려 들었다는 말에 불같이 화를 냈다.

"그렇습니다. 헤라 여신에게 엄청나게 추근거리고 있습니다."

"음!"

하지만 제우스는 신중했다.

"그게 사실인지 확인해봐야겠다. 네펠레, 이리 오너라."

네펠레는 구름의 요정이다. 아름다운 용모를 가진 네펠레가 다가와 제우스 앞에 무릎을 꿇었다.

"위대한 신이시여, 저를 부르셨습니까?"

"네 도움이 필요하다. 헤라의 모습으로 변해서 이크시온을 만나보도록 해라."

제우스의 뜻에 따라 네펠레는 헤라와 똑같은 모습으로 변해서 이크시온에게 다가갔다. 이크시온은 크게 기뻐했다.

"헤라, 드디어 그대가 나의 여인이 되기로 마음먹었군요."

네펠레는 달다 쓰다 말하지 않고 가만히 서 있었다. 그것을 긍정의 뜻으로 받아들인 이크시온은 재빨리 그녀를 끌어안고 한적한 곳으로 데려가 범하고 말았다. 네펠레는 원하지 않는 아기를 갖게 되었다. 이크시온과 네펠레 사이에서 태어난 아기는 사람의 형체가 아니라 기괴한 모습이었다. 반은 사람인데 반은 말인 괴물 켄타우로스가 태어난 것이다. 이런 불완전한 존재를 천상에 둘 수는 없었다. 켄타우로스는 곧 지상으로 쫓겨났다. 제우스는 이크시온을 응징하지 않을 수 없었다. 제우스는 이크시온을 불렀다.

"이크시온, 네 죄를 아느냐."

"내가 무슨 죄를 지었습니까? 남자들끼리 여자 하나를 놓고 다툴 수도 있지, 그것이 어찌 죄란 말입니까?"

"네놈이 아직도 네 죄를 알지 못하는구나."

제우스가 팔을 들어 올리자 순식간에 커다란 바퀴가 나타났다. 이크시온은 그 바퀴에 큰 대(大) 자로 달라붙었다. 뱀들이 몰려와 그의 팔과 다리를 바퀴에 칭칭 감아 묶자 꼼짝도 할 수 없었다.

"이것 놓으시오. 왜 이런단 말이오?"

이크시온이 비명을 질렀지만 소용없었다.

"바퀴와 함께 저자를 불태워라."

불에 태웠지만 이크시온은 죽지 않았다. 이미 신들의 음식을 먹어 불사의 몸이 되었기 때문이다.

"아차, 죽일 수가 없구나."

불붙은 바퀴에 매달린 채 그는 끊임없이 비명을 지르며 외쳤다.

"나에게 호의를 베풀더니 지금은 왜 이러는 거요? 호의는 신성한 것 아니오? 호의는 신성한 거요."

그는 계속 소리쳤다. 이크시온은 지금도 불타는 바퀴에 매달려 이렇게 소리치고 있다고 한다.

7

사랑과 미의 여신 아프로디테

어느 봄날, 머나먼 키프로스 땅에서 변화가 일어났다. 여느 날처럼 요정들이 평온하게 지내고 있는데, 그날따라 조짐이 이상했다. 대기는 향기롭고 날씨는 온화했다. 하늘은 푸르렀고 바다는 수정같이 맑았다. 그때 갑자기 바닷속에서 여신이 하나 탄생했다. 그녀는 바로 아름다움의 상징, 우라노스의 딸이자 사랑의 여신인 아프로디테였다. 이 일에 대해 알아보려면 우라노스가 크로노스의 낫에 남자의 중요한 부위를 잘리고 왕좌를 뺏겼을 때로 거슬러 올라가야만 한다.

첨벙!

우라노스의 잘려 나간 살덩이 하나가 펠로폰네소스 남쪽 키테라섬 부근의 바다에 떨어졌다. 바다에 떨어진 우라노스의 살덩이는 거품을 일으키기 시작했다. 거품이 계속 분열하면서 점점 덩어리가 커지고 부풀어 오르더니 어느 날 흰 거품 덩어리 안에서 아름다운 소녀 하나가 태어났다. 그녀는 바로 아프로디테였다. 우라노스의 살점에서 생겨난 거품 사이에서 미의 여신이 태어난 것이다.*

아름다운 여신이 태어나자 바다는 들끓으며 거품을 뿜어 올렸다. 물고기들은 모두 물 위로 올라와 물거품 속을 헤엄치고 뻐끔대며 축하해 주었다. 갈매기들은 마차처럼 커다란 조개껍데기를 가져와 아프로디테가 그 안에 앉을 수 있게 해주었다. 새들이 조개껍데기를 물고 당기며 바다를 헤쳐 나와 마침내 키프로스섬에 도착했다. 배처럼 타고 온 조개껍데기가 모래사장에 닿자 아프로디테는 해변에 내려와 걷기 시작했다. 그녀가 걸어가기만 해도 온갖 아름다운 꽃이 피어나 주위를 향기로 가득 메웠고, 파릇파릇한 풀과 나무들은 생생한 기운을 뿜어냈다. 한참 걸어가자 그 섬에 있던 아우에르스와 카리테스가 달려 나왔다.

"정말 아름다운 여신이 태어났구나. 이리 오렴. 예쁘게 치장해주마."

이들은 최선을 다해 아프로디테를 단장해주었다. 아름다운 옷을 입히고, 공들여 화장을 해주고, 화려한 장신구로 꾸며주었다. 금빛 머리를 빗겨주자 머리칼이 진짜 금처럼 반짝였다. 그러곤 아프로디테의 머리에 황금 왕관을 씌워주고 목걸이를 걸어주었다. 아프로디테의 손과 머리와 발 등 모든 곳에서 아름다운 장신구들이 반짝였다. 세상에서 가장 아름다운 여신이자 소녀인 아프로디테가 탄생한 것이다. 아프로디테는 우아하고 기품이 넘쳐흘렀다. 온몸에서 광채가 뿜어 나오는 것만 같았다. 그 광채를 받기만 해도 기쁨이 넘치고 세상이 아름답게 보였다. 새로운 여신의 치장이 끝나자 아우에르스와 카리테스는 아프로디테를 구름 위로 올려주었다.

"자, 너는 이곳에서 살 게 아니라 너에게 걸맞게 올림포스로 가야 한다."

여신들의 도움을 받아 아프로디테는 구름을 타고 쏜살같이 올림포스 궁전에 도착했다.

"아! 대체 누구신지……?"

"새로운 손님인가?"

올림포스의 신들은 넥타르를 마시며 즐거운 시간을 보내다가 갑자기 나타난 여신의 미모에 깜짝 놀라 벌린 입을 다물지 못했다. 잠시 후 제정신을 차린 신들은 모두 아프로디테에게 다가갔다.

"아름다운 여신이여, 나와 이야기를 나눠봅시다."

"아니오. 나와 함께 넥타르를 마십시다."

아프로디테는 겸손한 어조로 입을 열었다.

"저를 이토록 환영해주시니 몸 둘 바를 모르겠습니다. 모든 분들의 청에 응해드리고 싶지만 몸이 하나뿐이니 양해해주세요."

여기서 잠깐!!

신화는 가끔 미래에 대한 예측을 담고 있는 것만 같아. 이 대목은 흡사 줄기세포에 대한 상징적 표현 같지 않니? '줄기세포(stem cell)'는 스스로 계속 분열하는 능력을 갖고 있는 세포야. 마치 줄기에서 잎사귀가 갈라져 나가는 것처럼 신체 줄기에서 필요한 장기로 성장해 나가는 세포이지. 배아줄기세포는 증식력이 높고 어떤 종류의 세포로도 분화할 수 있어. 그래서 만능세포라고도 불러. 그 성질을 이용해 인간의 다양한 질병을 치료할 수도 있어. 체세포를 복제한 배아를 여성의 자궁에 착상시키면 그것이 자라서 원래 체세포를 가졌던 사람과 똑같은 유전적 성질을 가진 인간이 된다고 해. 그런데 신화에 우라노스의 세포가 분열해 아프로디테가 되었다고 하니 정말 신기하지 않니? 마치 신화를 통해 인간이 나아가야 할 방향을 보여주는 것만 같아.

신답게 빠르게 성장했지만 말투뿐만 아니라 행동거지조차 우아하고 기품 있었다. 그녀의 말과 행동, 그리고 몸에서 나는 향기까지도 주변에 있는 모든 신들을 사로잡을 만큼 매력적이었다. 그도 그럴 것이 아프로디테는 아름다움의 여왕으로 사랑을 관장했기 때문이다. 이렇게 올림포스산 꼭대기에서 아프로디테는 모든 신들의 마음을 움직이고 사랑과 행복한 감정을 느끼게 해주었다.

오래지 않아 아프로디테는 홀로 귀여운 아들을 낳았는데,* 날개가 달려 있었으며 활쏘기를 좋아했다. 활을 들어서 쏘면 백발백중이었다. 아들의 이름은 에로스다. 에로스의 화살에 맞은 사람들은 갑자기 상대방에게 동물적인 사랑의 본능을 느끼게 됐다. 이 화살의 위력이 얼마나 강력한지 신조차 화살에 맞으면 사랑의 마법에서 벗어날 수 없었다. 한마디로 에로스는 신과 사람 모두에게 치명적이고 강력한 무기를 갖고 있었다.

"아들아, 네 화살은 너무나도 강력하니 심사숙고해서 좋은 곳에만 쓰도록 해라."

아프로디테는 아들과 함께 세상 사람들을 보호하고 행복하게 해주기 위해 노력했다.

"사랑만이 우리를 구원해줄 수 있단다."

아프로디테의 상징은 비둘기다. 한번 짝을 맺으면 평생 동안 그 짝과의 사랑을 지키는 점 때문에 여신의 상징이 된 것이다. 아프로디테는 미와 사랑의 여신으로, 가정을 깨는 자들을 가장 미워했으며 약속을 지키지 않고 한번 뱉은 말을 어기는 자를 증오했다.

아테네에서 벌어진 흥겨운 축제의 한마당, 한 청년이 있었다. 그의 이름은 에르모하리스. 이 잘생긴 청년은 알키다모스의 딸 크티실라를 보고 첫눈에 반하고 말았다.

'정말 아름답군. 크티실라의 마음을 사로잡아야겠어.'

그는 사랑의 상징인 사과에 글을 적어 크티실라에게 인사를 건넨 뒤 던져주었다. 남자가 사과에 글을 적어 던져주면 그걸 받은 여자는 사람들 앞에서 큰소리로 읽는 게 당시 풍습이었다. 아름다운 크티실라는 얼굴을 붉히며 사과를 손에 들고 무슨 말이 쓰여 있는지 살펴봤다.

에르모하리스는 크티실라를 아내로 맞이할 것을 아프로디테 여신 앞에서 맹세합니다.

사과에는 그렇게 쓰여 있었다. 크티실라는 당황했다.

"저는 이 사과를 받을 수 없어요."

하지만 에르모하리스는 빙긋 웃을 뿐 사과

여기서 잠깐!!

혼자 아이를 낳는다는 개념이 그리스에 이미 존재했다니 정말 놀랍지 않니? 암수가 유전자를 제공해 번식하는 게 아니라 스스로 분열해서 생식한다는 개념은 나중에 생물학에 의해 밝혀져. 유성생식보다 에너지 면에서는 효율적이지만 다양한 유전자가 결합하기 어렵다는 게 단점이야. 미생물, 조류 등이 이런 방법으로 번식해. 고등생물은 유성생식을 하지. 꿀벌이나 개미도 아직 그런 능력을 가지고 있긴 해.

를 가져가지 않았다. 도리어 어서 문구를 읽으라는 듯 재촉의 눈길을 보냈다. 부끄러움이 많은 크티실라는 사과에 적힌 맹세의 글을 도저히 큰 소리로 읽을 수 없었다. 간신히 웅얼거리며 읽자 그것을 들은 사람들이 와르르 웃었다. 크티실라는 에르모하리스에게 재빨리 사과를 던진 뒤 부끄러움을 참지 못하고 집으로 도망치고 말았다. 에르모하리스에게는 그 행동조차 귀엽고 예쁘게 보일 뿐이었다.

'저 여인을 반드시 차지하고 말겠어.'

에르모하리스는 그녀의 집이 어딘지 알아내기 위해 멀찍이서 뒤따라갔다.

며칠 뒤 잘 차려입은 에르모하리스는 예물을 준비해 크티실라의 집으로 찾아갔다. 그러곤 크티실라의 아버지에게 인사를 올렸다.

"안녕하십니까? 저는 따님을 사랑하고 존경하는 청년입니다. 따님을 제 아내로 맞고 싶어서 이렇게 인사드리러 왔습니다."

크티실라의 아버지 알키다모스는 에르모하리스가 젊은 데다 잘생기고 용감할 뿐만 아니라 자신에게 와서 당당하게 의사를 밝힐 정도로 자신만만한 것이 마음에 들었다.

"자네처럼 원하는 것을 분명히 말할 수 있는 젊은이는 흔하지 않지."

방 안에 숨어 있던 크티실라는 아버지가 에르모하리스에게 호감을 보이자 기뻤다.

"에르모하리스, 자네의 뜻이 그렇게 확고하다면 마당의 성스러운 월계수 앞에서 맹세할 수 있겠나?"

두 젊은 남녀는 월계수 아래에서 성스러운 언약식을 올렸다. 이렇게 반허락을 받은 뒤 에르모하리스는 밝은 얼굴로 크티실라의 집을 나서며 말했다.

"곧 돌아와 결혼식을 올리겠습니다."

집으로 돌아온 에르모하리스는 자신의 부모님에게 말했다.

"얼마 전 축제에서 평생 배필을 만났습니다. 그리고 오늘 사랑을 고백했습니다. 어머니, 아버지 곧 아름다운 신부를 데리고 오겠습니다."

"그래, 듣던 중 반가운 일이구나."

크티실라는 사실 부끄러워 집으로 도망치긴 했어도 에르모하리스처럼 잘생기고 멋진 청년이 자신에게 청혼했다는 사실에 가슴이 두근거렸다. 그와 함께할 행복한 나날을 생각하니 기분이 좋기도 했다. 하지만 신들은 절대로 인간들이 원하는 대로 삶이 흘러가게 놔두지 않는 법이다. 에르모하리스가 차곡차곡 결혼할 준비를 하고 있는데 이상한 소문이 들려왔다.

"여보게, 큰일났네."

"무슨 일인가?"

"크티실라에게 부잣집 청년이 청혼했다는군."

"뭐? 내가 이미 청혼했고, 곧 결혼하기로 약속했는데 무슨 말인가?"

"그게 말이지 허사가 된 모양이야. 내가 듣기로는 일이 제법 진행되었다던데……."

깜짝 놀란 에르모하리스는 서둘러 크티실라의 집으로 찾아갔지만, 그녀는 사라지고 없었다.

"크티실라, 어떻게 말 한마디 안 남기고 이럴 수 있소? 어떻게 사랑을 배신한단 말이오?"

크티실라의 아버지는 형편이 어렵고 가난해 어쩔 수 없이 부잣집에 딸을 보낼 수밖에 없었다며 미안해했다.

"미안하네. 가난이 죄일세."

사실 그는 가난한 에르모하리스가 내심 마땅치 않았다. 그러던 차에 부잣집에서 청혼이 들어오자 냉큼 받아들인 것이다. 대충 사과하고 무르려고 했지만, 에르모하리스의 마음은 굳건하기만 했다.

"이대로 크티실라를 포기할 수는 없어."

에르모하리스는 그녀를 찾아 사방팔방 헤매고 다녔다. 숲속도 돌아다니고 동굴도 뒤졌다. 하지만 어디로 숨었는지 크티실라를 찾을 길이 없었다. 해 질 무렵, 에르모하리스는 저 멀리 신전에 불빛이 켜져 있는 것을 발견했다.

'아, 오늘 밤은 신전에서 쉬고 내일 다시 찾아봐야겠다.'

그러나 신들이 만들어낸 운명의 이끌림은 지독하게도 잔인했다. 에르모하리스는 신전 안에서 크티실라를 만나고 말았다.

"크티실라!"

"에르모하리스!"

에르모하리스는 너무 서러워서 목이 다 메었다.

"어떻게 나를 버리고 부잣집 청년에게 시집을 갈 수 있어요? 그대를 찾아 온종일 헤매고 다녔어요."

"에르모하리스, 오해하지 말아주세요. 나는 여전히 당신을 좋아해요. 아버지의 마음만 변했을 뿐이에요. 부잣집에서 혼담이 들어오자 아버지가 저를 그곳으로 시집보낸다고 하시지 뭐예요. 신들에게 도움을 받기 위해 무작정 도망을 쳐서 이곳까지 온 거예요. 믿어주세요. 당신을 향한 제 마음은 변함없답니다.”

그 말을 들은 에르모하리스는 크티실라를 와락 끌어안았다.

“아아, 모든 오해가 풀렸어요. 당신의 말을 듣고 나니 내 가슴속이 행복으로 가득 차오르는 것 같아요.”

두 사람의 사랑은 더욱 깊어졌다. 크티실라는 자신이 에르모하리스를 진정 사랑한다는 것을 알 수 있었다. 두 사람은 아프로디테 신에게 기도했다.

“신이시여, 우리 두 사람이 사랑을 이어갈 수 있게 도와주세요. 저는 평생 에르모하리스의 반려자가 되겠습니다.”

“신이시여, 저도 크티실라의 지아비로서 평생 성실히 살 것을 맹세합니다. 저희 두 사람을 맺어주세요.”

다음 날 크티실라는 결심을 굳힌 뒤 집으로 돌아가겠다고 말했다.

“집에 가서 짐을 싸서 나오겠어요. 아버지는 우리의 결혼을 허락하지 않으시겠지만, 조금만 기다려주세요.”

“준비되는 대로 우리 다시 만납시다.”

크티실라는 몰래 다시 집으로 들어갔다. 그리고 아무 일 없다는 듯 아버지를 만났다.

“크티실라, 대체 어디 갔다 온 게냐?”

“친구 집에 갔다가 늦어서 하룻밤 자고 왔어요. 다시는 안 나가겠습니다.”

원치 않는 결혼을 앞둔 딸이기에 알키다모스는 딸을 더 이상 크게 야단치지 않았다. 혼자 남은 크티실라는 도망칠 준비를 꼼꼼히 했다. 충분히 준비한 뒤 그녀는 집을 빠져나와 다음 날 아는 사람들을 불러 에르모하리스와 함께 신전에서 조촐하게 결혼식을 올려버리고 말았다. 이 일은 바로 알키다모스의 귀에 들어갔다.

"뭐야? 못된 계집애 같으니라고. 나를 배신하고 아버지의 허락도 없이 가난뱅이 놈팡이와 결혼을 했다고? 둘 다 죽여버리겠다."

알키다모스는 온 집 안을 때려 부수며 분풀이했지만 아무짝에도 쓸모없는 행동이었다. 그들은 이미 멀리 사라져버렸기 때문이다.

1년 뒤에 알키다모스는 소문을 들었다. 크티실라가 첫아이를 낳았다는 소식이었다.

"아이를 낳았다고? 이것들이 나를 버리고 저희들끼리 행복하게 살고 있다는 거야?"

분을 삭이지 못해 길길이 날뛰던 알키다모스는 그날 밤 흥분을 가라앉히고 곰곰이 생각해봤다. 이대로 가면 사위도 잃고, 딸도 잃고, 손주도 잃어버릴 상황이었다. 얻는 것 없이 자신만 화를 내는 상황이었다. 손주가 얼마나 귀여울까 생각해봤다. 자신을 닮았을지, 아니면 사위를 닮았을지, 딸을 닮았을지 궁금해서 도통 잠을 잘 수 없었다. 그동안 남들이 손주를 데리고 와 인사시키며 자랑을 하면 얼마나 부러웠던가 하는 생각이 들었다. 이제 자신도 할아버지가 되었으니 주변에 보란 듯이 자랑하고 싶었다.

'그래, 이젠 돌이킬 수 없게 되었으니 마음을 바꿔서 손주 재롱이나

보며 살아야겠다.'

이렇게 마음을 누그러뜨리고 손주를 만나 얼마나 행복하게 살지 생각하며 봄눈 녹듯 마음이 슬슬 풀리고 있는데, 새로운 소문이 들려왔다. 지나가던 상인이 해준 말은 충격적이었다.

"얼마 전 크티실라가 죽었소."

"뭐라고요? 내 딸이 죽었다고요? 그럴 리 없소."

"내가 오다가 직접 봤소. 곧 장례식이 치러질 거요."

"아, 어찌 이럴 수 있단 말인가?"

알키다모스는 머리를 쥐어뜯으며 절규했다. 그는 대체 왜 이렇게 불행한 일이 벌어졌는지 도저히 이해할 수 없었다. 모든 건 그 자신 때문이었다. 월계수 나무 아래서 에르모하리스에게 딸을 주겠다고 맹세해놓고는 욕심에 눈이 멀어 그 맹세를 가볍게 깨뜨렸기 때문에 신들이 분노한 것이다. 그를 대신해 크티실라가 신의 벌을 받은 거였다. 신의 징벌은 때때로 이렇게 냉혹하고 잔인했다.

이 모든 일을 지켜본 아프로디테는 아무 죄 없이 아기를 낳고 죽어버린 크티실라가 너무 불쌍했다.

'이건 너무 가혹한 처벌이야. 신들이 정해준 운명이라고는 하지만 뭔가 해줘야 할 것 같아.'

장례식 날, 사람들이 크티실라의 관을 들고 무덤으로 향할 때였다. 관이 기우뚱해지며 비스듬히 열린 틈으로 하얀 새가 빠져나와 날갯짓했다.

"뭐지? 관에서 새가 나왔어. 잠깐만 관을 내려보게."

사람들이 관을 내려놓고 뚜껑을 열자 크티실라의 시신은 사라지고 수의만 구겨진 채 놓여 있었다. 아프로디테가 크티실라를 하얀 비둘기로 만들어준 것이다.

슬픔에 빠진 에르모하리스가 아이를 품에 안고 혼자 잠들 때면 하얀 비둘기가 날아와 집 주변을 빙빙 돌았다. 가족과 사랑하는 아이를 잊지 못하는 크티실라의 영혼이 깃든 새였다. 하얀 비둘기는 평화의 상징이기도 하고, 아프로디테 여신의 약속의 징표이기도 하다. 사람들은 크티실라의 영혼이 스며 있는 흰 비둘기를 볼 때마다 신 앞에 약속한 것을 어기는 것은 크나큰 죄라는 사실을 깊이 마음속에 새겼다.

8

피그말리온과 나르키소스

키프로스 지역에 피그말리온이라는 놀라운 재능을 가진 조각가가 살고 있었다. 그는 어렸을 때부터 조각에 미쳐 있었다. 그는 항상 돌과 점토에 둘러싸여 조각에 골몰하느라 여인을 만나 사귈 기회가 전혀 없었다. 예술과 결혼한 셈이었다. 그러던 어느 날 자신의 삶을 돌아본 피그말리온은 갑자기 쓸쓸하고 우울해졌다. 남들은 다 짝을 만나 즐겁게 사는데 자신만 그러지 못하고 있는 것 아닌가.

'아, 나도 가정을 꾸리고 싶다. 아름다운 여인을 만나 아이들을 낳고 행복하게 알콩달콩 살고 싶다.'

탁월한 재능을 지닌 뛰어난 조각가였기에 피그말리온의 작품은 날개

돈친 듯 팔렸고, 그는 큰 부를 쌓았다. 그는 유명할 뿐만 아니라 재능 있고 부유하기까지 했다. 피그말리온의 명성은 키프로스는 물론 그리스 전체에 널리 퍼졌다. 그렇게 유명한 청년을 여자들이 가만히 놔둘 리 없었다. 아름다운 배필을 소개해주겠다며 전국에서 매파들이 몰려들었다. 그들이 데려온 여자들은 천차만별이었다. 키프로스의 아름다운 소녀가 오기도 하고, 돈 많은 아테네 여인이 나타나기도 했다. 시켈리아와 크레타섬의 발랄한 처녀들과 미케네의 공주들까지 중매의 대상이 되었다. 카르타고와 이집트, 바빌론의 처녀들도 한껏 치장한 뒤 피그말리온을 찾아왔다. 스키타이 등 아시아의 처녀들도 먼 길을 걸어 찾아왔다.

그러나 그 누구도 피그말리온의 눈에 들지 않았다. 뛰어난 심미안을 지닌 조각가인 그가 사랑에 빠질 만한 여인을 찾는 것은 지극히 어려운 일이었다. 백옥처럼 한 점의 티 없이 완벽하게 맑고 아름다운 여인을 찾고 있었기 때문이다. 아무리 치장한들 어떤 여인도 피그말리온의 눈에 들지 않았다. 그를 찾아온 수없이 많은 여인들이 피그말리온의 냉대에 상처를 받고는 울면서 돌아갔다. 그러면서 피그말리온도 마음을 접었다.

'안 되겠다. 나는 그냥 예술과 결혼했다고 생각해야겠구나. 아름다운 예술품을 만들다 죽는 게 내 운명인가 보다.'

피그말리온은 결혼하겠다는 마음을 포기하고 작업실에 틀어박혔다. 그의 작업실에서는 매일 밤 돌 깨는 소리만 들렸다. 그러나 작품에 몰입할수록 여자에 대한 그리움은 커지기만 했다. 그러다가 자신이 원하는 여성상을 조각으로 만들어봐야겠다는 생각이 들었다.

그는 엄청난 돈을 들여 흠 하나 없는 최상급 대리석을 사 들였다. 그리고 그 안에 갇혀 있는 아름다운 여인의 모습을 상상하며 그녀를 가리고 있는 돌조각을 조금씩 떼어냈다. 대리석 조각이 떨어져 나갈 때마다 피그말리온의 가슴은 환희로 가득 찼다. 대리석 안에 숨겨져 있는 아름다운 여인이 자유를 얻을 날이 다가오고 있었기 때문이다. 수개월이 지난 뒤 피그말리온은 마침내 자신이 꿈꿔온 너무나도 아름답고 이상적인 여인의 형상을 만들어내고야 말았다. 자신의 열과 성을 불어넣은, 혼이 담긴 작품이었다. 도저히 눈을 뗄 수 없었다. 흠잡을 곳이라고는 찾아볼 수 없었다. 그가 이제껏 본 그 어느 여성보다 순수하고 아름다워 보였다. 금방이라도 눈을 뜨고 말을 걸 것만 같았다. 당장이라도 석상 받침대에서 내려와 여기저기 사뿐사뿐 걸어 다닐 것처럼 생동감마저 감돌았다. 조각상을 보는 피그말리온은 가슴이 너무 뛰었다. 사랑하는 마음이 절로 샘솟았다.

"아, 아름다운 나의 여인아, 조금만 기다려다오. 너를 완성해주겠다."

피그말리온은 조각상을 마무리하기 위해 식음을 전폐하고 심혈을 기울였다. 마침내 미세한 부분을 부드럽게 다듬는 일만 남았다. 피그말리온은 거친 사포로 조각상을 닦아내며 매끄러운 팔다리에 광을 내기 시작했다.

"나는 이런 여인을 원했어. 이 여인이야말로 나의 진정한 배필이야."

하지만 그런 여인은 이 세상 어디에서도 찾아볼 수 없었다. 조각상을 완성한 뒤 피그말리온의 슬픔은 더욱더 깊어졌다. 그가 꿈꿔온 여인의 형상을 만들었지만, 만날 수 없었기 때문이다.

그러던 와중에 아프로디테 여신의 축제일이 다가왔다. 그날은 여신에게 제물을 바치고 소원을 비는 것이 관례였다. 미의 여신 아프로디테의 축제를 예술품을 만드는 피그말리온이 가볍게 넘어갈 리 없었다. 그는 하얀 염소를 한 마리 산 뒤 여신에게 바치기 위해 신전으로 갔다. 제단에 도착한 그는 염소를 정갈하게 죽이고 뼈와 살을 발라내 바친 뒤기도를 올렸다.

"아름다움의 상징인 아프로디테 여신이시여, 당신이 있기에 세상은 참으로 아름답고 크나큰 사랑이 넘칩니다. 저에게 간절한 소망이 하나 있습니다. 아름다운 배필을 얻는 것이 저의 소망입니다. 하지만 저는 아직까지 제가 사랑할 만한 여인을 만나지 못했습니다. 제 작업실에 있는 조각상 같은 처녀가 이 세상 어딘가에 존재하지 않을까요? 그런 여인이 실제로 존재하기에 제 안에서 그런 모습이 나온 것 아닌가요? 여신이시여, 그런 여인을 저에게 보내주십시오. 간절히 기원합니다. 이 제물을 받고 제 소원을 들어주십시오."

그 순간, 숯불 위에 올려놓은 제물을 태우던 불길이 높이 치솟아 오르며 하늘로 빨려 들어갔다. 피그말리온은 아프로디테가 자신의 제물을 받고 소원을 들어주리라는 것을 알 수 있었다.*

"아, 제 소원을 들어주시는 겁니까. 여신이시여, 감사합니다."

피그말리온은 기쁜 마음에 서둘러 집으로 돌아갔다. 누가 언제 자신이 꿈꿔온 아름다운 여인을 소개해주러 올지 모르기 때문이었다. 작업실 문을 열고 청소하러 들어간 피그말리온은 깜짝 놀랐다. 돌가루와 점토로 어질러져 있던 작업실이 깨끗이 정리되어 있었다.

"이게 어찌 된 일이지?"

피그말리온은 등골이 오싹했다. 분명히 문을 잠그고 나갔는데 대체 어찌 된 일인지 알 수 없었다. 그때 맛있는 냄새가 났다. 고개를 돌려보니 오랫동안 음식을 끓인 적 없는 화덕 앞에서 아름다운 여인이 음식을 준비하고 있는 것 아닌가! 여인은 고개를 돌리더니 상큼하게 웃으며 말했다.

"피그말리온 님, 어서 오세요. 당신을 위해 청소를 하고 맛있는 음식을 만들고 있었답니다. 조금만 기다려주세요."

여인이 옥구슬 굴러가는 듯한 목소리로 말했다. 피그말리온은 자신의 눈앞에 보이는 광경을 도저히 믿을 수 없었다.

"당신은 누구십니까? 이곳엔 어떻게 들어왔습니까?"

"저는 아프로디테 님께서 당신에게 보낸 선물이랍니다. 당신의 아내가 되려고 왔지요."

피그말리온은 너무나 놀랐다. 가까이 다가가 바라보니 여인은 정말 자기가 조각한 모습 그대로였다. 손을 대보니 차가운 돌멩이가 아니라 피가 흐르는 따뜻한 사람의 피부였다.

여기서 잠깐!!

피그말리온은 당대 최고의 조각가이자 예술가였어. 흔히 미청년으로 알려져 있지만 전쟁에 나가지 않고 예술에 전념할 수 있었던 것을 보면 장애가 있었을 거라는 이야기도 있어. 그랬기에 여자들이 싫어했다는 거지. 자신이 만든 조각상과 사랑에 빠져 조각상이 살아나기를 진심으로 바라는 피그말리온을 보고 감동한 아프로디테는 조각상에 생명을 불어넣어주었어. 이처럼 무언가 믿거나 기대하면 그대로 이루어지는 것을 피그말리온 효과라고 해. 긍정적인 관심과 기대가 상대방에게 좋은 영향을 미치는 것을 뜻하기도 하지.

"아, 정말 당신이군요. 사랑하는 당신, 당신이 정말 내 앞에 나타났군요."

피그말리온은 그녀를 와락 끌어안았다. 여인의 살결은 너무나 부드럽고 탄력 있었다. 피부는 마치 하얀 우유처럼 티없이 깨끗했다.

"당신의 이름을 지어주겠소."

"고마워요. 아름다운 이름을 지어주세요."

"당신의 피부가 우유같이 희니 그대의 이름을 갈라테이아라고 짓겠소."

'갈라테이아'는 '우윳빛 하얀 여인'이라는 뜻이다. 피그말리온은 더없이 행복했다. 피그말리온과 갈라테이아는 서로 열렬히 사랑했다. 이들 부부는 곧 딸을 낳아 이름을 파포스라고 지었다.

이처럼 아프로디테는 자신이 사랑하는 이들의 염원을 잘 들어주는 신이었다. 아프로디테에게 예술이나 음악, 미술과 관련된 소원을 빌면 잘 이루어준다는 믿음은 오래도록 이어졌다. 하지만 아프로디테가 보기에 흡족한 사람들만 있었던 것은 아니다. 아프로디테를 전혀 존경하지 않는 자들도 있었다.

나르키소스★는 무척 아름다운 미소년이었다. 사람들은 나르키소스를 볼 때마다 입이 마르게 칭송했다.

"저렇게 잘생긴 남자는 본 적 없어."

"저런 남자에게 어울리는 짝이 있을 리 없어. 배필 구하기가 정말 힘들 거야."

"그럼. 그럼. 저렇게 아름다운 사람에게 어울릴 만한 짝이 어디 있겠어?"

사람의 얼굴은 대개 왼쪽이나 오른쪽 가운데 한쪽이 더 예쁜 법이다. 그런데 나르키소스는 모든 쪽이 다 아름다웠다. 위에서 보나 아래에서 보나 다 훌륭했다. 인간이 그럴 순 없는 법이다.

"어디 네가 나의 화살을 맞고도 오만할 수 있나 보자."

뛰어난 인간은 신들의 미움을 받는 법이다. 아름다운 나르키소스에게 한눈에 반하는 여인들을 본 에로스는 나르키소스가 그녀들과 사랑에 빠지도록 여러 번 화살을 쏘아 보냈지만 이상하게도 그의 가슴에는 화살이 꽂히지 않았다.

"이럴 수가!"

화살이 꽂혀야 어떤 여인이든 사랑하게 될 텐데 아무리 화살을 쏘아도 소용없었다.

"그 어떤 여인도 나를 유혹할 수 없어. 천하의 미인을 데려와봤자 내게는 추해 보일 뿐이거든."

나르키소스는 이토록 오만했다. 여인을 보는 눈이 까다롭기는 피그말리온이나 나르키

여기서 잠깐!!

나르키소스는 아기 때부터 너무 잘생겨서 누구든 보기만 하면 얼이 빠질 정도였어. 나르키소스라는 이름 자체가 넋이 나간다는 의미래. 부모는 이런 아들의 운명을 알아보기 위해 점쟁이를 불렀는데, 그가 바로 유명한 테이레시아스야. 아들이 오래 살 것 같으냐고 묻자 테베의 시각장애인 예언자 테이레시아스는 이렇게 대답했어. "가능합니다. 단 이 아이가 자기 자신을 알지 못한다면요." 나르키소스의 부모는 이 말이 무슨 뜻인지 이해하지 못했어. 소크라테스가 "너 자신을 알라"고 강조한 것처럼, 자신을 마주하는 것은 때로는 이렇게 고통을 주는 일이기도 해. 보잘것없는 자신의 실체를 객관적으로 알게 되면 비참해질 수도 있기 때문이야. 그럼에도 불구하고 우리는 끊임없이 자신의 모습을 파악하려고 노력해야 한단다.

소스나 저울에 올리면 어느 한쪽으로 기울지 않을 정도였다.

"아프로디테 여신이 소원을 들어준다고 하지만 나에게 배필 하나 구해주지 못하고 있잖아. 여신의 능력이 고작 그 정도인 거지. 이 세상에 내가 존중할 만한 존재는 나밖에 없어."

나르키소스의 콧대는 날로 높아졌다.

"저런 방자한 놈이 있나. 감히 나를 무시하다니."

아프로디테는 그런 나르키소스를 보며 분함을 참을 수 없었다. 아들 에로스의 화살로는 그의 가슴이 뚫리지 않자 아프로디테는 자신의 창을 갈아두었다.

"이 창을 쓰게 될 줄이야. 어디 두고 보자. 네놈이 사랑에 빠지나 안 빠지나……."

사람이었다면 벌써 불행해졌을 테지만, 나르키소스는 강의 신 케피소스의 아들로 신의 혈통이었다. 날로 오만해지는 나르키소스를 보며 아프로디테와 에로스는 분한 마음을 억누른 채 기회만 노리고 있었다.

한편, 나르키소스는 숲에 가는 것을 즐겼다. 숲에 가면 많은 요정들과 친구처럼 이야기를 나누며 즐거운 시간을 보낼 수 있었기 때문이다. 그것이 나르키소스의 유일한 취미였다. 잘생긴 그가 오면 숲속 요정들은 반가워서 어쩔 줄 몰라 했다.

"나르키소스 님이 오셨어."

"어서 나와."

"어서 오세요."

요정들은 하나같이 나르키소스에게 사랑을 고백했다. 하지만 나르키소스는 그런 요정들에게 한 번도 마음을 준 적 없었다.

"너희들이 나를 사랑하는 것은 자유이지만, 내 사랑을 바라지는 마라. 나는 고결한 사람이거든."

사람이든 요정이든 자신의 얼굴을 넋 나간 듯 바라보거나 지나가다 돌아와 바라보는 모습을 볼 때마다 나르키소스는 우쭐해졌다.

"역시 나의 아름다움을 알아보는 자들이 많군."

이런 나르키소스를 진심으로 사랑하는 요정이 하나 있었다. 그 요정의 이름은 에코였다.

"나르키소스 님, 당신을 사랑합니다. 부디 제 사랑을 받아주세요."

이렇게 말을 건네고 싶지만, 불행하게도 에코는 말하는 게 서툴렀다. 듣기는 하는데 스스로 말하지는 못하고 누가 말을 하면 조금 뒤에 그 말을 따라 하는 게 고작이었다.★ 누가 먼저 말을 걸지 않으면 입을 꾹 다물고 있어야만 했다.

어느 날, 에코는 숲에서 멋진 나르키소스가 걸어오는 것을 봤다. 수줍어서 얼굴만 붉히고

여기서 잠깐!!

에코가 남의 말을 따라 하게 된 것과 관련해서는 다음과 같은 이야기도 전해져. 제우스가 바람피우는 것을 보고 쫓아온 헤라가 에코에게 제우스의 행방을 물었어. 그런데 수다쟁이 요정 에코는 묻는 말에 대답하지 않고 제멋대로 떠들어서 제우스에게 시간을 벌어준 셈이 되었어. 농락당했다고 생각한 헤라는 에코에게 남의 말을 따라 하는 벌을 내렸어. 말을 조심해야 한다는 것은 동서고금을 막론하고 매우 중요한 덕목이야. 인간은 말로 소통하고 말로 자신의 생각을 전하기 때문이지. 말을 어떻게 할 것인가를 아는 것은 삶을 어떻게 살 것인가를 아는 것과 마찬가지로 중요하고 어려운 문제야.

있는데 나르키소스가 밝게 미소를 지으며 말을 걸었다.

"에코, 오랜만이야."

"……오랜만이야."

"여전히 내 말을 따라 하는군."

"……따라 하는군."

"그래, 잘 지내."

"……잘 지내."

이렇게 무시하고 가버려도 에코는 어쩔 수 없었다.

'이렇게 말 한마디 건네지 못할 바엔 차라리 나르키소스 님을 알지 못했더라면 좋았을 것을…….'

그들이 처음 만난 것은 어느 따스한 봄날이었다. 숲에 있던 에코는 잘생긴 나르키소스를 보자마자 몸을 숨겼다. 하지만 인기척을 느낀 나르키소스는 자신의 아름다움에 반한 요정이 누구인지 보고 싶어 멋진 목소리로 불렀다.

"거기 누구야?"

"……누구야?"

에코는 겁먹은 듯 대답했다.

"어서 나와. 나와보라고."

"……나와보라고."

"네 얼굴을 보여줘."

"……보여줘."

에코는 자신을 찾는 나르키소스의 말에 기뻐하며 나무 뒤에서 슬며

시 걸어 나왔다. 아름다운 에코를 보고도 나르키소스의 마음은 전혀 움직이지 않았다.

"하하, 너도 나에게 반했구나."

"……반했구나."

나르키소스는 자신의 말을 따라 하는 에코의 모습에 어처구니가 없었다.

"너는 말할 줄 몰라? 왜 내 말만 따라 하고 그래?"

"……따라 하고 그래?"

"이런 바보 같으니라고."

"……바보 같으니라고."

에코는 그렇게 나르키소스의 말만 따라 할 뿐, 아무것도 할 수 없었다.

"뭐야! 저리 꺼져."

"……꺼져."

나르키소스는 짜증을 내더니 사라져버렸다. 에코는 너무나 슬펐다. 제아무리 아름다워봤자 상대방의 말 한 토막만 겨우 따라 할 뿐이니 나르키소스의 마음을 사기는 글렀다는 생각에 너무 괴로웠다. 실망한 에코는 숲속 깊숙이 숨어 더 이상 누구 앞에도 모습을 드러내지 않았다. 나르키소스를 보면 살짝 얼굴을 내밀 뿐이었다. 그러면서 아프로디테 여신에게 호소했다.

'나르키소스가 저를 무시합니다. 저는 더 이상 살고 싶지 않아요.'

사실 나르키소스가 에코를 무시했던 건 아니다. 에코는 자신의 단점은 생각지도 않고 나르키소스만 험담한 것이다. 이것을 알 리 없는 아

프로디테는 안 그래도 눈엣가시였는데 이번 기회에 냉랭하고 건방지기 짝이 없는 나르키소스를 응징해야겠다고 생각했다.

'건방진 녀석! 감히 요정들을 능멸하다니.'

마침내 응징의 시간이 다가왔다. 그날도 나르키소스는 숲속 여기저기를 다니며 평화롭게 꽃과 자연을 감상했다. 그렇게 한참 움직였더니 숨이 차고 목이 말랐다.

'어디 물을 마실 만한 곳이 없을까?'

이곳저곳 돌아다니다가 마침내 숲속에 아늑하게 자리 잡은 옹달샘 하나를 발견했다. 바람 한 점 없는 가운데 아름다운 새소리만 사방에 가득했다. 잔잔한 수면은 거울처럼 주변 사물을 비춰주고 있었다.

"마침 여기 옹달샘이 있었구나."

나르키소스는 쭈그리고 앉아 물을 마시려고 얼굴을 수면에 가까이 가져갔다. 그 순간, 수면에 비친 자신의 얼굴에 시선을 빼앗기고 말았다.

"헉, 이렇게 아름다운 사람이 있었다니……."

그 순간이었다. 호시탐탐 주변을 떠돌며 나르키소스를 지켜보던 에로스는 그의 심장에 활을 쏘았다. 에로스의 화살은 나르키소스의 심장에 그대로 꽂혔다.

"드디어 성공했다. 에헴, 내가 한번 노린 표적을 놓칠 리 없지."

에로스는 기뻐하며 하늘로 날아가버렸다. 그토록 견고하던 나르키소스의 심장에 화살을 꽂았기 때문이다. 나르키소스는 샘물에 비친 잘생긴 청년이 자신이라는 것을 전혀 알지 못한 채 사랑에 빠져버렸다.

"아, 아름다운 당신, 그대는 누구십니까?"

아무리 바라봐도 샘물 속의 청년은 대답이 없었다. 차라리 말끝이라도 따라 하는 에코가 덜 답답할 지경이었다.

"왜 아무 말도 없나요? 내 손을 잡고 바깥으로 나오세요."

나르키소스가 손을 내밀자 샘물 속의 잘생긴 청년도 손을 내밀었다.

"내게 입 맞춰주시겠어요?"

나르키소스가 입술을 가져다 대자 수면이 일렁이며 형체가 사라졌다. 물결이 가라앉자 다시 모습을 드러낸 청년은 더욱 매혹적으로 느껴졌다. 건드리기만 하면 사라지는 잘생긴 청년을 보며 나르키소스는 화가 났다.

"그대는 나에게 한마디 말도 하지 않고 물 밖으로 나오지도 않는군요. 나를 무시하는 겁니까? 어떻게 이럴 수 있습니까?"

자신이 그동안 수많은 여인들에게 야속함을 느끼게 했던 것은 생각지도 못하고 나르키소스는 화가 나서 벌떡 일어나 성큼성큼 걸어갔다. 그러나 차마 멀리 가지 못하고 근처 나무 밑에 쭈그리고 앉아 생각하기 시작했다. 분통이 터졌지만 첫눈에 반한 그 사람을 도저히 떨쳐낼 수 없어 괴롭기 짝이 없었다.

'아, 그새 보고 싶어. 그 사람은 어째서 그렇게 냉정한 걸까? 왜 내 말에 한마디도 대답해주지 않는 걸까? 샘물 밖으로 나와서 나와 함께해준다면 정말 좋을 텐데.'

청년을 생각하면 밥도 먹고 싶지 않고, 잠도 자고 싶지 않았다. 나르키소스는 금방이라도 샘터로 달려가고 싶은 마음을 꾹 눌렀다.

'나는 천하의 나르키소스야. 내가 먼저 가서 굽히면서 사랑을 고백할

순 없어. 안 돼. 그럴 순 없다고.'

나르키소스의 아름다운 얼굴은 점점 여위어갔다. 얼굴은 창백해지고 피부는 거칠어졌다. 며칠 뒤 그리운 마음을 견디지 못한 나르키소스는 자신도 모르게 샘물로 달려갔다.

"그립고 그리운 당신, 당신을 보려고 달려왔어요. 여기 계시지요?"

샘물 위로 고개를 숙였더니 사랑하는 이의 모습이 나타났다. 그런데 일전의 아름다움은 찾아볼 수 없고 얼굴은 몰라볼 정도로 핼쑥해져 있었다.

"아!"

나르키소스는 깜짝 놀랐다.

"아, 당신은 바로 나였군요. 아, 이럴 수가……."

나르키소스는 비로소 진실을 깨달았다. 물 위에 비친 것은 아름다운 자신의 모습이었고, 지금 얼굴이 몰라볼 정도로 달라진 것은 자신의 아름다움이 그만큼 손상되었다는 뜻이었다. 나르키소스는 다시는 샘가로 오지 않겠다고 다짐하고 뛰어가다가 문득 멈춰 섰다. 에로스의 화살을 가슴에 맞고 이미 사랑에 빠져버린 나르키소스는 샘물에 비친 것이 자신의 모습인 것을 알면서도 도저히 떠날 수 없었다. 샘물로 돌아간 그는 수척해진 자신의 모습을 보며 연민을 느꼈다.

"아, 이렇게 수척한 모습이라니. 정말 마음이 아프구나. 어떡하지? 사랑스러운 저 모습을 두고 도저히 돌아갈 수 없어."

나르키소스는 그렇게 자신의 모습에 홀려 계속 물가에 앉아 있었다. 며칠을 굶은 채 계속 자신의 모습만 바라보던 그는 마침내 정신을 잃고 쓰러졌다. 죽는 순간에도 그는 마지막 힘을 다해 물에 비친 자신의 얼굴을 보기 위해 가슴 밑에 커다란 돌을 받치고 고개를 수그린 채 죽어버렸다.

이것이 바로 신이 내린 형벌이다. 나르키소스는 그 누구도 사랑할 줄 모르고 사랑을 받기만 하는 자의 불행을 상징적으로 보여준다. 나르키소스 이야기는 사랑은 받는 것이 아니라 주는 것임을 다시 한번 깨닫게 해준다.

"우리 사랑 나르키소스 님이 죽었어!"

"흑흑! 이를 어째……!"

"가엾은 나르키소스 님!"

나르키소스가 죽자 숲속의 요정들은 너무나 슬퍼했다. 그날 밤 숲에는 온통 울음소리만 가득했다. 그중에서도 가장 슬퍼한 것은 에코였다. 에코는 나르키소스를 끌어안고 엉엉 울었다. 나르키소스가 죽은 자리에 한 송이 향기로운 꽃이 피어났다. 그 꽃의 이름은 수선화였다. 수선화의 꽃말은 '자기애'다. 그 꽃을 본 에코는 비로소 나르키소스가 영영 돌아오지 못할 길을 떠났음을 인정하고 숲속에 꽁꽁 숨어버렸다.

'다시는 내 모습을 세상에 드러내지 않을 거야.'

에코는 깊은 산과 절벽과 바위틈에 숨어 살았다. 그러다가 에코도 사랑을 잃은 슬픔에 죽어버렸다.

"에코가 너무 불쌍하구나."

"에코의 순수한 사랑을 기려야겠다."

신들은 에코의 죽음을 슬퍼하며 그녀의 흔적을 산과 바위에 남겨놓았다. 지금도 산에 가서 소리를 지르면 기다렸다는 듯이 에코가 반응을 보인다. 물론 우리가 하는 말의 뒷부분만 따라 하면서.

신은 이렇게 무소불위의 힘을 갖고 있지만, 사랑의 아픔을 겪는 것은 인간이나 신이나 마찬가지였다. 아프로디테도 그랬다. 에코가 나르키소스를 잃고 불행해졌듯, 아프로디테에게도 아픔이 있었다. 그녀에게는 아도니스라는 아름다운 연인이 있었다.

아도니스는 출생부터가 신비하다. 어느 봄날 은매실 나무가 갈라지면서 튀어나왔다고 한다. 이는 비유적인 표현으로, 키프로스의 공주 스미르나의 아들인 것을 그렇게 표현했다는 이야기도 있다.* 잘생긴 아도니스는 요정들의 보호 아래 숲속에서 뛰어놀며 건강하게 자라났다. 그는 자연의 싱그러움이 느껴지는 멋진 청년으로 성장했다. 그의 금발은 아폴론보다 찬란했다. 완벽에 가까울 정도로 아름다운 모습에 여신들이 그를 차지하려고 경쟁을 벌일 정도였다.

"아도니스는 내 거야."

아프로디테가 먼저 선언하자 페르세포네가

여기서 잠깐!!

아도니스는 피그말리온의 손자인 키프로스 왕 키니라스가 자신의 딸 스미르나와 관계하여 낳은 자식이야. 한마디로 '누나의 아들이자 할아버지의 아들'이지. 왕이 자기 딸이 아프로디테보다 아름답다고 자랑하고 다니자 분노한 아프로디테가 벌을 주었어. 바로 스미르나가 자신의 아버지를 사랑해 근친상간을 벌이게 한 거지. 수치심에 고통스러워하던 스미르나가 숲속에 숨어버리자 뒤늦게 그녀를 측은하게 여긴 아프로디테가 미르라 나무로 변하게 해주었다고 해. 열 달 뒤 이 나무에서 아기가 태어났는데, 그게 바로 아도니스야.

질 수 없다는 듯 말했다.

"무슨 말이야? 아도니스는 태어날 때부터 내가 점찍어둔 아이라고."

두 여신은 만날 때마다 아도니스를 놓고 싸웠다. 결국 아프로디테가 페르세포네를 이겼다. 그리하여 그들은 태양의 축복 아래 행복하게 지낼 수 있었다.

"아도니스, 당신이 이렇게 나와 함께 찬란한 햇빛 아래서 행복하게 지낼 수 있는 건 내가 지하의 여신 페르세포네를 이겼기 때문이에요."

"고맙습니다, 여신님. 만약에 당신이 졌다면 저는 페르세포네의 연인이 되어 저승 세계로 갈 뻔했군요."

아프로디테는 사랑의 신이다. 사랑을 얻기 위해서는 모든 것을 바쳐야 한다는 것을 누구보다 잘 알고 있었다. 그녀는 인간인 아도니스를 위해 자신이 갖고 있는 신으로서의 권리를 모두 내려놓았다. 올림포스에서 내려온 아프로디테는 아도니스가 사는 키프로스산 쪽으로 달려갔다. 그렇게 만난 둘은 항상 붙어 있었다. 인간의 삶은 척박했지만, 아프로디테는 아도니스만 있으면 행복하게 살 수 있을 거라고 생각했다.

아도니스는 사냥을 좋아했다. 그는 산토끼나 염소, 꿩 등을 사냥하는 것을 즐겼다. 아프로디테는 그가 사냥을 나갈 때면 늘 함께했지만, 그에게 주의를 주는 것도 잊지 않았다.

"사랑하는 아도니스, 절대로 멧돼지나 사자, 늑대, 곰 같은 사나운 짐승은 사냥하지 마세요. 당신이 다칠까 봐 두려워요. 당신은 헤라클레스가 아니에요."

"잘 알았어요. 당신과 오래도록 사랑하기 위해 늘 주의할게요."

아도니스는 그 말을 명심하며 조심하는 듯했다. 하지만 그러다가도 '한 번쯤인데 어때' 하는 생각에 금기를 범하는 것이 인간이다. 어느 날 사냥을 나간 아도니스의 눈에 멧돼지 한 마리가 보였다. 탐스러운 멧돼지를 보자 아도니스는 욕심을 억누를 수 없었다.

'저 멧돼지를 한번에 사냥한다면 아프로디테가 나를 엄청 대단하게 볼 거야.'

아도니스는 먹을 것을 찾았는지 진흙땅에 코를 박고 있는 멧돼지를 보고는 칼을 들고 다가갔다. 먹는 데 집중하느라 멧돼지는 아도니스가 다가오는 것을 알아채지 못했다. 가까이 다가가 칼을 높이 쳐드는 순간, 칼날에 햇빛이 반사됐다.

"꾸웩!"

멧돼지는 본능적으로 고개를 들더니 아도니스를 쫓기 시작했다.

"아뿔싸!"

아도니스는 있는 힘을 다해 도망쳤다. 하지만 멧돼지보다 빠를 순 없었다. 순식간에 아도니스를 덮친 멧돼지는 그의 몸통을 물어버렸다. 커다란 송곳니가 몸에 박혀 아도니스는 그 자리에서 나뒹굴다 과다 출혈로 죽고 말았다.

"왜 이러지? 갑자기 기분이 너무 이상해."

그때 숲속에 있던 아프로디테는 온몸에 소름이 끼쳤다. 아도니스에게 무슨 일이 생긴 것 같다는 예감을 떨칠 수 없었다.

"아도니스! 아도니스! 어디 있어요?"

아프로디테는 아도니스를 찾아 정신없이 숲을 뒤졌다. 신발이 벗겨지고 고운 머리칼이 흐트러질 정도로 뛰어다니다가 마침내 숲 한구석에서 피를 흘리며 쓰러져 의식을 잃어가는 아도니스를 보게 되었다.

"아도니스, 대체 이게 무슨 일이에요?"

그녀는 허둥지둥 달려가 숨을 거두기 직전인 아도니스를 끌어안았다.

"미…… 미안해요. 다…… 당신의 말을 드…… 들었어야……."

말을 채 마치지도 못하고 아도니스는 죽고 말았다. 아프로디테는 심장이 찢어질 것만 같았다. 너무나 큰 고통에 아프로디테는 절규했다.

"아아악!"

온 산이 울릴 정도로 처절한 소리였다.

하지만 이미 죽은 사람을 되살릴 방법은 없었다. 양지바른 곳에 아도니스를 묻은 뒤 아프로디테는 울면서 숲속을 방황했다. 그녀의 눈물로 홍수가 날 지경이었다. 그녀의 눈물방울이 떨어진 곳마다 아네모네 꽃이 피어났다. 신발이 벗겨진 채 숲속을 돌아다니다 찔린 상처에서 붉은 핏방울이 떨어지자 핏방울이 떨어진 곳마다 붉은 장미가 피어올랐다. 아프로디테가 참을 수 없는 고통에 절규하며 우는 소리는 올림포스에 있던 제우스에게도 들렸다.

"아프로디테가 너무 불쌍하다. 그녀에게 기쁨을 돌려주고 싶구나."

"하지만 이미 저승으로 간 아도니스를 되살릴 순 없는 법입니다."

"그렇습니다. 그것은 온 우주의 법칙입니다."

"그렇다면 하데스를 오라고 해라."

저승의 신 하데스는 동생 제우스의 부름을 받고 오랜만에 올림포스를 찾아왔다. 제우스는 그에게 부탁했다.

"아도니스가 한 번씩 지상으로 올라오게 해주시오. 되살려주면 더욱 좋겠지만……."

"안 됩니다. 당신이 이 세상을 다스리는 것처럼 저승 세계는 나의 관할입니다."

"그래서 이렇게 부탁하는 것 아니오. 다시는 이런 부탁을 하지 않겠소. 한 번만 봐주시오."

"그럴 순 없습니다. 그 부탁을 들어준다면 다른 신들도 모두 와서 똑같은 부탁을 할 겁니다."

한참 동안 논쟁을 벌인 끝에 두 신은 타협했다.

"1년 중 6개월만 지상으로 올려 보내겠습니다. 나머지 6개월은 저승에 있어야 합니다."★

"좋소."

그리하여 아도니스는 죽었지만 매년 6개월 정도 이승으로 돌아올 수 있었다. 아프로디테는 땅속에서 올라온 아도니스를 반갑게 맞이해 키프로스의 외딴 숲속에서 6개월 동안 행복한 시간을 보냈다. 아프로디테가 그와 함께 지내며 행복을 느낄 때면 자연도, 숲도, 요정들도 밝고 깨끗하고 환한 옷을 입고 그들을 맞이했다. 그것이 바로 봄이다. 봄이 온 뒤

여기서 잠깐!!

요즘처럼 물자가 풍부하지 않았던 과거에는 겨울이면 많은 사람이 고통스러워하고 죽기도 했어. 새로운 수확이 있기 전까지 추위와 배고픔에 떨어야 했지. 부자나 가난한 자나 겨울은 버텨내기 힘든 계절이었을 거야. 사람들에게 힘든 겨울을 이겨낼 용기를 주려는 듯 《그리스 로마 신화》에선 봄에 대한 이야기를 셋이나 찾아볼 수 있어. 바로 아도니스의 이야기와 뒤에 나오는 아폴론 이야기, 페르세포네 이야기가 그것이야. 겨울이 되면 모든 게 스러지고 죽어버리지만, 봄이 되면 거짓말처럼 새로운 생명들이 솟아나지. 그 생명 부활의 마법에서 사람들은 희망을 읽었을 거야. 겨울이 아무리 혹독하고 길어도 따뜻한 봄은 반드시 오고야 만다는 이야기를 통해 사람들은 죽음에서 생명을, 절망에서 희망을, 어둠에서 빛을 보지 않았을까.

6개월 동안 따뜻한 시간이 지나고 가을이 오면 아프로디테는 사랑하는 연인 아도니스를 지하 세계로 돌려보내야 했다.

"6개월 뒤에 만나요."

"아아, 아도니스. 그대가 그리워서 어떻게 하면 좋지요?"

그들이 마지막 입맞춤을 하면 온 세상도 함께 슬퍼했다. 그렇게 아도니스가 떠나면 가을과 겨울이 왔다. 화려하던 잎들은 사라지고 온 세상에 낙엽만 나뒹굴었다. 모든 게 죽음의 세계로 돌아갔다. 그러나 희망은 있었다. 제우스와 하데스가 약속한 대로 6개월 뒤에 아도니스가 다시 돌아올 것이기 때문이었다. 그가 돌아오면 온 세상은 다시 꽃과 기쁨으로 가득 찼다. 4월의 축제는 바로 아도니스가 돌아온 것을 기뻐하기 위한 것이다. 봄이 오면 이 땅 어딘가에선 아도니스와 아프로디테가 서로를 사랑하며 즐겁게 지내고 있다고 생각하면 된다.

9

방황하는 여신

여인들은 임신하면 안식처를 찾아 헤맨다. 안전하고 편안한 곳에서 사랑하는 아이를 낳고 싶어 하는 것은 본능이다. 이런 곳을 찾지 못했을 때 임신한 여인이 갖게 될 불안함이나 두려움은 이루 말할 수 없을 정도다. 그것은 사람뿐만 아니라 여신도 마찬가지다.

여기 불안에 떠는 여신이 있다. 그녀의 이름은 레토. 제우스가 온 세상을 점령해서 자신의 손아귀에 두고 마음껏 통치하고 주무를 때였다. 그 당시에는 육지가 안정되지 않아 섬들이 마구 떠다니고 바다와 육지의 경계가 불분명했다. 키클라데스제도에 있는 델로스섬도 어딘가에 고정되거나 박혀 있지 않고 이곳저곳 바다를 떠다녔다. 이 섬에 발을 디딘 레토는 안식처를 찾기 위해 헤매고 있었다.

"이 섬은 안전할까?"

흔들리는 섬에 있으려니 레토는 멀미가 날 것 같았다. 그녀는 임신해서 배가 잔뜩 부풀어 오른 상태였다. 아이의 아버지는 모두 짐작할 수 있듯 제우스였다. 엄연히 아내인 헤라가 있지만 제우스는 아무 여신이나 닥치는 대로 관계를 맺어 임신시켰다. 헤라의 눈에 띌까 불안한 데다 쌍둥이를 임신한 터라 레토는 더더욱 노심초사했다. 편안한 곳에서 휴식을 취하다가 아기를 낳아야 하는데 섬이 배처럼 떠돌아다니니 너무 불안해서 레토는 외쳤다.

"섬아, 너는 어찌하여 이렇게 떠도는 것이냐? 내가 편안히 아기를 낳을 수 있도록 해다오. 너에게는 나를 구해야 할 의무가 있지 않느냐? 계속 이렇게 떠돌아다닌다면 무엇도 이룰 수 없을 것이다."

한편, 레토가 임신했다는 사실을 알게 된 헤라가 가만히 있을 리 없었다. 그녀는 모든 요정들에게 명령을 내렸다.

"당장 레토를 잡아와라. 가만히 둘 수 없다."

레토는 요정들과 신들의 눈을 피해 델로스섬까지 도망쳐온 터였다. 헤라는 그녀를 찾기 위해 무시무시한 괴물 피톤을 내려보냈다. 레토는 무거운 몸을 이끌고 그리스 이곳저곳으로 도망 다녔지만 그 어느 곳에서도 그녀를 받아주려고 하지 않았다.

"여신이시여, 우리는 당신을 받아들일 수 없습니다. 당신의 뒤를 헤라와 피톤이 쫓고 있지 않습니까?"

이런 말을 들으며 계속 도망쳐 다니다가 결국 무인도인 이 섬까지 오게 된 것이다. 그런데 간신히 머물게 된 섬에서조차 편히 쉴 수 없었다. 섬이 계속 요동쳤기 때문이다. 이 세상에 공짜는 없는 법이다. 섬 역시 뭔가 바라는 게 있다는 것을 레토는 알아차렸다.

"알겠다, 섬아! 내가 아이들을 낳으면 이 땅에 신전을 지어주마. 그 신전은 엄청나게 유명해질 것이다. 되었느냐?"

레토의 말이 끝나자마자 섬은 지진이 일어난 것처럼 떨리기 시작했다. 그러더니 바다에서 거대한 바위 두 개가 올라왔다. 델로스섬은 그 바위 쪽으로 흘러가더니 강하게 부딪혀 그 위에 올라타버렸다.

구구궁!

순간, 섬은 마치 두 개의 바위에 못 박힌 것처럼 고정되었다.★ 레토는 비로소 섬이 자신을 받아들였다는 것을 알게 되었다. 이곳에서 아기를 낳을 수 있겠다는 생각에 안심한 레토는 아늑한 풀밭에 누워서 두 팔을 들어 자신을 추종하는 신들을 불렀다.

"나의 신들이여, 내가 드디어 아기를 낳으려 한다. 모두 도와다오."

여기서
잠깐!!

당시 지중해는 지진이 많은 지역대였어. 지금도 지중해의 지질도를 보면 유라시아판, 아나톨리아판, 아라비아판, 아프리카판이 맞물려 있는 것을 볼 수 있어. 그렇다 보니 지진이 잦고, 그로 인한 피해도 많았던 거야. 이런 환경에서 사람들은 인간의 무력함을 느끼면서 신의 존재에 더 강하게 의지했을 거야. 천재지변, 전쟁 같은 큰 재앙은 인간을 한없이 작게 느껴지게 하니까.

그 어떤 신이나 인간도 그 목소리를 들으면 마음이 움직이지 않을 수 없을 만큼 간절한 외침이었다. 곧 한 무리의 여신이 달려왔다. 여신들은 레토를 위해 물을 끓이고 깨끗한 헝겊과 마실 물을 준비했다. 마음 놓고 아기를 낳을 수 있는 환경이 갖춰졌지만 그렇다고 해서 두 명의 아기를 한꺼번에 낳는 것은 결코 쉬운 일이 아니었다.

"으윽! 아윽!"

진통은 끝없이 이어졌다. 레토의 배 속에 있는 아이는 다름 아닌 제우스의 아들과 딸 아닌가. 여느 여인의 출산보다 힘든 게 당연했다. 있는 힘을 다해봤지만 아기들은 좀처럼 나오지 않았다. 그렇게 무려 아흐레나 진통이 계속되자 레토는 지칠 대로 지쳤다. 열흘째 되는 날 밤, 레토는 더 이상 견딜 수 없다는 생각이 들었다. 하지만 옆에 있는 신들은 레토를 계속 격려했다.

"한 번만 더 힘을 주세요."

"힘을 줘보세요. 이제 곧 아기가 나올 것 같아요."

레토는 그 말을 믿고 온 힘을 끌어모아 아랫배에 힘을 주었다. 드디어 자궁이 열리고 레토의 몸에서 황금빛이 쏟아져 나왔다. 태양이 떠오르는 것만 같았다. 그 순간, 하늘에서 태양이 떠오르며 레토를 비췄다.

"응애! 응애!"

아기의 머리카락은 티 없는 금색이었다. 태양을 상징하는 아폴론이 태어난 것이다. 잠시 뒤 다시 진통이 오더니 여자아이가 태어났다. 달의 여신 아르테미스였다.

"아아!"

쌍둥이를 낳고 나자 레토는 탈진했다. 엄마가 보살펴줄 수 있는 상황이 아니었지만, 두 아기는 신이었다. 인간의 아기와 달리 눈에 띄게 쑥쑥 자라나기 시작했다. 하루 만에 팔다리가 튼튼해지고, 이틀 만에 키가 컸으며, 사흘 만에 온몸에 근육이 붙었고, 나흘 만에 형형한 모습을 갖췄다. 태어난 지 나흘 만에 아폴론은 완벽한 신의 모습을 갖춘 불멸의 존재가 되었다.

또 다른 강력한 신이 태어났다는 것을 알게 된 대장장이의 신 헤파이스토스는 올림포스산에서 몰래 무기를 만들어 아폴론에게 전해줬다. 황금으로 된 화살과 은으로 된 활이었다. 헤파이스토스는 말했다.

"이 활과 화살은 절대 목표를 놓치지 않는다네."

"어떻게 그럴 수 있습니까?"

"내가 마법의 주문을 걸었거든. 대충 겨눠도 이 화살은 자네의 마음을 읽고 목표를 꿰뚫어버릴 걸세."

"감사합니다. 요긴히 쓰겠습니다."

이렇듯 신들 사이에서도 인정받으며 하나의 신으로 당당히 자리매김한 아폴론은 어머니 레토를 찾아갔다.

"어머니, 저를 낳으시느라 고생 많으셨습니다."

"아들아, 너를 낳기까지 내가 얼마나 고생했는지 아느냐? 지금도 어딘가에서 피톤이 날 잡기 위해 바다를 건너오고 있는지도 모른다."

아폴론은 불안해하는 어머니를 보며 자신의 활을 어디에 겨눠야 할지 깨달았다.

"어머니, 제가 피톤을 처리하고 오겠습니다."

아폴론

제우스와 레토의 아들 아폴론은 올림포스 12신 중 하나로, 신들 중에서 가장 아름다운 남신으로 꼽혀. 음악과 시, 의술, 예언, 궁술을 관장하는 등 박식하고 재주 많은 신이야. 그의 별명인 '포이보스'가 뜻하는 것처럼 정말 빛나는 재능을 지닌 신이지. 머리에 월계관을 쓰고 수금을 들고 다니는 이 아름다운 청년 신은 불행한 사랑 이야기로도 유명해.

피톤은 커다란 왕뱀이다. 용이라고 하는 사람도 있고, 뱀이라고 하는 사람도 있었다. 아폴론은 다른 신들에게 물어 피톤이 어디에 사는지 알아내고 말았다. 바로 파르나소스산의 동굴에 있다고 했다. 하늘로 날아오른 아폴론은 재빨리 파르나소스산을 찾아갔다. 산 중턱에 커다란 동굴이 있었다. 동굴 주변만 봐도 그곳에서 피톤이 살고 있다는 것을 알 수 있었다. 피톤이 뿜어낸 독으로 나무들은 죽은 가지만 남아 있고 풀들은 누렇게 떠 있었다. 그뿐만 아니라 피톤을 죽이러 왔던 사람들을 포함해 피톤이 잡아먹은 온갖 동물들의 뼈가 주변에 너저분하게 굴러다니고 있었다. 피톤이 뿜는 독은 냄새를 맡기만 해도 구역질이 나서 가까이 가고 싶은 생각이 도저히 들지 않았다.

그런데 피톤 역시 영물이었다. 아폴론이 찾아온 것을 금세 눈치채고는 동굴 밖으로 머리를 내밀더니 이내 몸을 치솟아 올렸다. 구름에 닿을 듯 어마어마한 크기였다.

"누가 나를 죽이러 온 것이냐?"

동굴 주위를 샅샅이 훑어보는 거대한 뱀의 모습은 보기만 해도 두려워 심약한 사람은 기절할 지경이었다. 그러나 아폴론은 당당하게 모습을 드러냈다. 빛나는 황금빛 머리카락을 보자마자 피톤은 그가 누군지 이내 알아챘다. 헤라가 그토록 죽이고 싶어 한 레토의 아들이었다.

"네놈이 바로 레토의 아들이구나. 네 어미는 그동안 어디에 숨어 있다가 아들을 낳았기에 벌써 신의 모습을 갖췄느냐? 어찌 됐든 상관없다. 네놈을 당장 죽여버리겠다."

피톤은 번개같이 빠른 속도로 기어와 아폴론을 향해 무시무시한 독니로 가득한 입을 쩍 벌렸다. 아폴론은 재빨리 뛰어오르면서 화살을 겨눠 피톤의 눈과 눈 사이에 정확하게 쏘아버렸다. 신이 만들어준 화살이었다. 대충 겨냥해도 목표에 가서 꽂힌다는, 말 그대로 신궁이었다. 활시위를 떠난 화살은 엄청난 속도로 날아가 피톤의 이마 한가운데 꽂혔다. 피톤은 비명을 지르며 몸부림쳤다.

"캬오오!"

피톤이 땅을 데굴데굴 굴러다니면서 몸부림치자 꼬리와 몸통에 맞아 산들이 무너지고 땅이 파였다. 온 세상을 뒤흔들 것 같은 비명 소리가 이어졌다. 한동안 몸부림치며 버티던 피톤은 마침내 쓰러져 죽고 말았다. 아무도 죽일 수 없을 것 같았던 피톤을 죽이면서 아폴론은 단번에 자신의 능력을 검증하고 위대한 신이 되었다. 모든 신들이 피톤을 죽인 아폴론을 눈여겨봤다. 아폴론은 마음속에서부터 샘솟는 기쁨을 어찌하지 못하고 수금을 꺼내 들더니 노래를 부르기 시작했다. 자신이 무사함을 알리는 기쁨의 노래였다. 온 세상에 아폴론의 노랫소리가 울려 퍼졌다.

인간의 위대함은 용기에서 나오니
두려움으로 꺾을 수 없다.
신들은 그들보다 강력해.
어떠한 괴물도 막을 수 없지.
우주여, 찬양하라. 대지여, 경배하라.
나는 이 땅의 아폴론.

그 어떤 어려움도 내 앞을 막지 못한다.

그의 노래는 아름다우면서도 강력한 메시지를 전달했다. 그의 노래를 들은 이는 누구든 간에 아폴론을 존경하는 마음을 갖게 되었다. 인간들은 모두 그의 노래에 귀를 기울이며 크게 기뻐했다.

"아, 드디어 괴물을 없애준 신이 나타났구나. 우리들은 드디어 자유로워졌어."

아폴론의 노래는 가뭄 끝에 단비처럼 온 세상에 퍼졌다. 세상 만물이 모두 기뻐했다. 기쁨과 환호성이 온 세상에 가득했다. 하지만 아폴론은 죽은 피톤이 가엾기도 했다. 사실 피톤은 잘못한 게 없었다. 피톤은 단지 헤라의 명령을 수행했을 뿐이었다. 아폴론은 땅을 파서 피톤을 고이 묻어주었다.

"피톤, 너는 잘못한 게 없다. 괴물로 태어난 네 운명이 안타까울 뿐이다."

경건한 마음으로 피톤을 묻어준 뒤, 아폴론은 그 자리에 신전을 세우고 델포이라는 이름을 붙였다.

"이 신전을 아버지께 바치겠다."

델포이 신전은 제우스가 모셔진, 가장 영험한 신전이 되었다. 신탁의 위력이 대단한 데다 신의 뜻을 직접적으로 알 수 있는 곳이었기 때문이다.

그런데 문제가 생겼다. 피톤은 고작 괴물 따위가 아니었다. 그는 대지의 여신 가이아의 아들이었다. 어찌 됐든 아폴론은 신이 신의 아들을 죽이는 용납할 수 없는 죄를 저지른 것이다. 신들의 사회는 시끄러워졌다.

"너는 신의 아들을 죽였다. 속죄해야 한다."

"나를 죽이려고 해서 죽였을 뿐이오. 무엇을 속죄해야 한단 말입니까? 정당방위였소."

"아무리 그랬어도 신의 아들을 죽인 것은 용서받을 수 없는 큰 죄다. 벌을 받아야 씻기는 죄를 지은 것이다. 네가 비록 인간을 위해서, 혹은 다른 신들을 위해서라는 이유를 대더라도 동족을 죽인 죄를 정당화할 순 없다."

그리하여 아폴론은 지상으로 내려오게 되었다. 땅으로 내려온 아폴론은 죄를 씻기 위해 테살리아로 가서 목동이 되었다.

"네가 나를 위해 목동이 되겠다니 기꺼이 받아주마."

아폴론을 거둔 테살리아의 왕 아드메토스는 양을 많이 길렀다. 그는 새로 온 잘생긴 목동이 신이라고는 전혀 생각하지 못했다. 그저 자신의 양 떼를 돌봐준 대가로 그날그날 먹고사는 목동이라고만 생각했다.

신이 목동으로 일하니 그 효과는 놀라웠다. 아드메토스의 왕국은 한마디로 축복을 받은 셈이었다. 도처에 행복이 넘쳐났다. 어려운 일은 하나도 없고, 즐거움만 가득했다. 아폴론이 양 떼를 돌보니 한 마리도 늑대나 사자에게 물려 죽거나 사라지는 일이 없었다.

아름다운 나의 양들아
너희는 내 품에서 편안히 잠들거라.

아폴론은 양 떼와 사슴들이 몰려오면 수금을 뜯으며 노래를 불러주었다. 아폴론의 노래를 들은 양들은 더 살지고 튼튼해졌다.★ 아폴론의 도움으로 양들의 숫자가 늘어나면서 왕국의 재산은 쑥쑥 늘어났다. 농사도 잘되어서 창고는 각종 곡물로 넘쳐났고, 항아리마다 치즈와 버터와 기름이 그득했으며, 집집마다 곳간이 신선한 음식으로 가득 찼다. 아드메토스왕의 영토 안에 있는 모든 것이 살지고 풍족해졌다. 한마디로 국력이 쑥쑥 성장했다.

"아드메토스 왕의 부가 하늘을 찌른다지?"

"그자를 경계해야겠어."

이 소문을 들은 다른 도시국가들은 가장 손쉽게 부를 쌓을 수 있는 방법을 생각해냈다. 그들이 주목한 것은 바로 아드메토스가 아직 결혼하지 않았다는 사실이었다. 다들 그를 사위로 맞거나 양아들로 삼고 싶어 했다. 이곳저곳에서 친교를 맺자는 사신들이 찾아오고 서신을 보내왔다.

하지만 아드메토스는 그에 응할 마음이 전혀 없었다. 마음에 두고 있는 사람이 있었기 때문이다. 바로 이웃 나라 이올코스의 알케스

여기서 잠깐!!

음악을 들으면 동물들이 행복해서 더 살지게 된다는 말이 사실일까? 2007년 스페인 신문에 기사가 하나 났어. 한 농장에서 젖소들이 하루에 30~35리터의 우유를 생산했대. 평균치는 25리터 정도거든. 그에 비하면 엄청난 양이지? 다들 그 비결이 궁금해서 농장주에게 물어봤나 봐. 농장주는 700마리의 젖소에게 젖을 짜는 동안 모차르트의 음악을 틀어줬다고 했어. 그 결과, 우유가 더 고소하고 맛있어졌대. 모차르트의 음악이 미숙아의 체중을 늘리는 데 도움이 되었다는 이야기도 있어. 음악을 들려준 아기들은 차분해지고 에너지 대사도 향상됐대. 과거 신화시대부터 음악의 힘을 알았다니 정말 놀라워.

티스 공주였다. 알케스티스는 누구나 한눈에 반할 정도로 흠잡을 데 없이 아름다운 여인이었다. 아드메토스는 선물을 가지고 이올코스의 왕 펠리아스를 찾아갔다.

"대왕이시여, 당신의 딸과 함께하고 싶습니다. 당신의 사위가 되고 싶습니다. 아시다시피 우리나라는 재산이 많고 국력이 강대합니다."

아드메토스가 자신 있게 말했지만 펠리아스는 고개를 저었다.

"고마운 말이긴 하나 나에게는 자식이 딸 하나밖에 없소. 그 아이가 결혼해서 그대의 나라로 가버린다면 내가 늙었을 때 누가 나를 돌봐주겠소? 나의 미래가 암담하고 노후가 비참해질 거요. 그래서 내가 원하는 사위의 조건은 좀 특별하다오. 그대가 진정 내 사위가 되고 싶다면 이 조건들을 들어줘야 하오."

"도대체 어떤 사위를 얻고 싶으신 겁니까?"

아드메토스가 듣기에 말도 안 되는 조건이었다. 마차에 사자와 멧돼지를 소나 말 대신 묶어 달릴 수 있어야 한다고 했다. 인간이라면 감히 도전할 수 없는 일이었다. 마차를 끄는 데는 동물의 입에 재갈을 물리고 목에 멍에를 거는 일까지 포함된다. 그리고 고삐를 당겨 좌로 우로 움직이게 명령을 내려야 하고, 때로는 서거나 달리게 하는 등 훈련도 시켜야 한다. 다른 것은 다 제쳐두더라도 재갈을 물리거나 멍에를 씌우기 위해서는 사자와 멧돼지에게 가까이 다가가야 하는데, 물려 죽는 것을 감수하지 않고는 감히 시도조차 하기 어려운 일이었다. 하지만 아드메토스는 더없이 용감했다. 아름다운 알케스티스를 배우자로 맞을 수 있다면 죽어도 좋다는 생각이 들었다.

"좋습니다. 사자와 멧돼지에게 찢겨 죽는 한이 있어도 도전해보겠습니다. 도전해보지도 않고 포기하는 건 사나이의 도리가 아니지요."

"하하하! 시원시원하군. 좋아. 그대가 진정한 왕이라면 한번 도전해보게."

아드메토스는 더없이 용감했지만, 엄청난 도전을 앞두고 긴장하지 않을 수 없었다. 그는 신에게 기도를 올렸다.

'신이시여, 제가 할 수 있도록 도와주십시오. 저를 이끌어주십시오.'

그러나 그는 바로 자기 앞에 신이 있다는 것을 알지 못했다. 그의 양을 돌보는 목동이 바로 아폴론이라는 것을 눈치도 채지 못한 것이다.

'그대의 소원을 들어주겠다.'

아폴론은 그에게 강력한 힘을 불어넣어주었다. 사자나 멧돼지가 물어도 뚫리지 않을 정도로 강한 근육과 피부를 내려주었다. 아드메토스는 우리에서 으르렁대는 사자들 중 가장 커다란 사자에게 다가가 단숨에 갈기를 붙잡고 목을 조였다. 한참 동안 씨름한 끝에 몸부림치던 사자가 지쳐 나가떨어지자 멍에를 씌우고 재갈을 물렸다. 멧돼지 역시 마찬가지였다. 마차를 몰도록 훈련받은 적이 없지만, 아폴론이 사자와 멧돼지의 본성을 누르고 말의 영혼을 집어넣어주자 사자와 멧돼지는 순한 양처럼 아드메토스가 이끄는 대로 움직였다.

"이랴!"

채찍을 허공에 휘두르자 말이 아닌 사자와 멧돼지가 끄는 마차가 움직이기 시작했다. 그 모습을 본 사람들은 모두 놀라 자빠졌다. 펠리아스는 사람이 할 수 없는 과업을 이뤄낸 이 젊은이에게 딸을 내주지 않을 수 없었다.

"대단하오. 신의 가호를 받는 그대는 내 사위가 될 자격이 충분하오."

펠리아스는 기가 죽었지만 내심 기분이 좋았다. 이렇게 뛰어난 능력을 가진 자가 자신의 사위가 된다니 만족스럽기도 했다. 알케스티스 역시 멋진 아드메토스를 보자 한눈에 반해 결혼하고 싶다는 생각이 들었다. 그들은 화려한 결혼식을 올렸다. 승리감에 취한 아드메토스는 신부를 마차에 태워 자신의 궁전으로 데리고 갔다. 그러나 이 모든 일의 뒤에 젊은 신 아폴론이 있다는 사실을 아는 사람은 아무도 없었다.

10

아버지로서의 아폴론

올림포스를 떠나 지상에서 살게 된 벌을 받고 목동이 되어 아드메토스를 위해 봉사한 아폴론은 무려 9년이 흐른 뒤에야 마침내 용서를 받을 수 있었다. 올림포스의 신들에게서 전갈이 왔다.

"이제 죄 씻음이 끝났다. 어서 돌아오라."

아폴론은 델포이 신전으로 가서 제우스 신에게 예를 다한 뒤 제물을 바치고 신의 세계로 올라갔다. 목동으로 살면서 아폴론은 자신을 끊임없이 돌아보고 반성했다. 그러면서 경거망동해서는 안 되며, 신다운 품격을 지키고, 올바른 일을 위해 힘써야겠다고 생각하게 됐다. 그 과정에서 아폴론은 그 누구보다 죄를 짓고 벌 받는 사람들에 대해 잘 알게 되었다. 그리고 죄를 짓더라도 뉘우치고 용서를 구하고 다시는 그런 일을 하지 않겠다고 맹세하는 사람들의 편에 서는 신이 되었다. 사람들이 그를 '용서의 신'이라고 부르게 된 것은 바로 이런 이유 때문이다. 그가 죄를 용서받은 곳은 델포이 신전으로, 아폴론은 이곳에 자주 내려와 머무르며 휴식을 취했다. 델포이 신전에 앉아 있으면서도 그는 자신의 고향 델로스섬을 절대 잊지 않았다. 어머니 레토가 그곳에서 자신을 낳기 위해 9일간 고생했던 것을 그는 잊을 수 없었다.

"어머니를 만나러 가야겠다."

한편, 레토는 델로스섬에서 평화로운 나날을 보내고 있었다. 아들이 평생의 숙적인 티폰을 죽여주었기 때문이다.

"아들아, 왔느냐."

"예, 어머니. 뵙고 싶어서 왔습니다."

"고맙다."

영겁을 사는 신들 사이에서 효도라는 말은 사실 큰 의미를 지니지 않는다. 신은 인간보다 뛰어난 오성(悟性)을 지닌 존재이기 때문이다. 하지만 효도가 세상을 이루는 중요한 개념 중 하나임은 분명하다. 게다가 자신에게 잘하는 자식이 신이라고 해서 싫을 리 없었다.

"나는 아직도 약속을 지키지 못했다."

"무슨 약속 말씀이십니까?"

"이 섬에 신전을 지어주기로 했는데 아직 그러지 못했다. 어느 섬도 나를 받아주지 않았는데 이 델로스섬이 나를 받아주어서 너희들을 낳을 수 있지 않았느냐?"

"걱정하지 마십시오, 어머니. 제가 그 약속을 지키게 해드리겠습니다."

아폴론은 인간들에게 황급히 신탁을 내렸다.

"델로스섬에 멋진 신전을 지어라."

신탁을 받은 인간들은 너도나도 재료를 가져와 오랜 세월 동안 돌을 쪼고 쌓아 올려 멋진 신전을 지었다. 신전이 지어지자 레토는 델로스섬에 은혜를 갚았다고 생각하고 세상 북쪽 끝에 있는 태양의 섬으로 여행을 가서 눌러앉았다. 그 뒤로 아폴론은 어머니를 보려면 태양의 섬까지 가야만 했다. 어머니를 만나러 갈 때면 아폴론은 커다란 백조 두 마리가 이끄는 이륜마차에 올라탔다. 마차를 탄 아폴론은 구름 위를 날아서 북극 쪽으로 한없이 달려갔다. 가다가 눈이 내리는 것도 보고, 발아래 세계가 얼마나 아름다운지 굽어살피며 여행을 했다. 백조들은 지치지도 않고 이륜마차를 몰아 북쪽으로 북쪽으로 나아갔다. 그러다 마침내 황금빛 햇볕이 내리쬐는 봄의 나라에 도착했다. 아폴론이 그곳에 내려서면 태양의 신 아폴론이 내뿜는 황금빛 따사로움이 그곳에 온통 축복을 내려줬다. 새들은 날아오르고 풀들은 더욱 푸르러졌다. 사방에서 울리는 음악 소리에 아폴론은 자신이 환영받는 존재라는 만족감을 느낄 수 있었다.

하지만 이렇게 태양의 섬으로 가느라 아폴론이 떠나면 남겨진 그리스에는 별로 좋은 일이 없었다. 빛의 신이 사라졌기 때문이다. 그리스는 순식간에 우울하고 암울해졌다. 그뿐만 아니라 눈비가 쏟아지고 추위가 엄습했다. 겨울이 되는 것이다. 사람들은 추위에 웅크리며 말했다.

"어서 아폴론 신이 돌아오셔야 할 텐데……."

사람들은 어서 봄이 오기만을 기다렸다. 6개월이 지나면 아폴론은 다시 남쪽으로 왔다. 아폴론이 돌아오면 햇살이 어둠을 몰아내면서 그리스에 다시 봄이 찾아왔다. 사람들은 기뻐하며 축제를 열고 노래를 불렀다. 빛과 태양의 소중함을 되새기는 노래였다. 이 모든 일이 가능했던 것은 아폴론이 생명의 상징이며 모든 아름다운 것들을 사랑하는 신이었기 때문이다.

델포이 신전에서 머무르던 어느 날, 아폴론은 황금 화살을 쏘면서 시간을 보내고 있었다. 활쏘기의 달인인 아폴론이 활을 쏘는 모습을 보고 경쟁심을 느낀 신이 나타났다. 바로 사랑의 신 에로스였다. 에로스 역시 백발백중의 활 솜씨를 보여주는 것 아닌가.

"활로 사과를 쏴볼까?"

어린아이 모습을 한 에로스의 말을 듣고 아폴론이 비웃었다.

"하하하! 아무리 장난감 활이라도 어린아이가 무기를 가지고 다니면 안 되지."

"쳇!"

에로스는 보란 듯이 화살을 쏴서 사과를 떨어뜨렸다. 사과가 떨어지는 것을 본 아폴론은 재빨리 화살을 쏘아 사과가 떨어지기 전에 맞혔다. 하나의 사과에 두 개의 화살이 꽂힌 것이다. 에로스는 벌컥 화를 냈다.

"저 사과는 내 건데 왜 당신이 활을 쏘는 거야?"

"매달려 있는 사과를 쏘는 것보다는 떨어지는 사과를 쏘는 게 더 어렵다는 것 정도는 알겠지?"

에로스는 어린아이의 모습을 하고 있는 데서도 알 수 있듯 생각하는 게 단순했다. 자기가 사과를 쏴서 맞혔다고 자랑하고 싶었는데 아폴론이 떨어지는 사과를 맞히자 기분이 상했다.

"당신 같은 신과는 어울리지 않겠어."

에로스는 파르나소스산으로 가버렸다. 그런데 생각할수록 분이 풀리지 않았다.

'감히 내가 쏜 사과를 또 쏘다니…… 내 화살 맛을 보여주마.'

산에서 내려온 에로스는 아폴론이 뿜어내는 빛이 보이는 곳으로 날아갔다. 아폴론의 눈에 띄지 않게 주변을 맴돌던 에로스는 아폴론 옆으로 강의 신 페네오스의 딸 다프네가 지나가는 것을 보았다.

'옳거니. 저 둘을 엮어줘보자. 하지만 이번에는 각자 다른 화살을 쏴줄 거야.'

그러고는 아폴론의 심장에 황금빛 사랑의 화살을 쐈다. 다프네에게 쏜 화살은 달랐다. 그 화살은 차가운 검은색 납화살이었다. 이 화살을 맞은 사람은 자신에게 다가오는 사람이 그 누구라도 밀쳐내고 싫어하게 됐다.★

숲에서 휴식을 취하던 아폴론은 에로스의 화살이 꽂히자 갑자기 가슴이 두근거리는 느

여기서 잠깐!!

에로스는 두 가지 화살을 가지고 다녔어. 하나는 황금촉 화살로, 이 화살에 맞으면 사랑을 느끼게 되지. 다른 하나는 납촉 화살로, 이 화살에 맞으면 사랑하던 사람도 단박에 서로를 증오하게 돼. 생전 처음 보는 남녀가 사랑에 빠지거나 알콩달콩하던 연인이 갑자기 원수가 되는 것은 다 에로스가 어떤 화살을 쏘느냐에 달린 거지. 사람이 좋고 싫은 데 이유가 없는 것을 설명하려다 보니 이렇게 재미난 이야기를 만든 게 아닐까 싶어.

낌에 주위를 두리번거렸다.

'뭐지?'

그때 저만치 다프네가 지나가는 모습이 보이는 것 아닌가. 아폴론은 순식간에 사랑에 빠지고 말았다. 그녀보다 사랑스럽고 아름다운 여신은 이 세상에 없을 것 같았다.

"아름다운 분이시여, 그대는 여신입니까, 요정입니까?"

"저는 요정 다프네입니다."

다프네는 재빨리 대답하고 걸음을 서둘렀다. 자신이 누구인지 알면서도 외면하고 가는 다프네를 보며 아폴론은 자존심이 팍 상했다.

"잠시만 기다려주세요. 나랑 잠시 얘기를 나눕시다."

"가까이 오지 마세요."

"아, 잠깐만…… 잠깐만 이리 와보세요. 난 태양의 신 아폴론이에요. 내가 당신을 해칠 리 없잖아요. 당신같이 아름다운 요정은 본 적 없습니다. 당신을 보는 순간, 사랑에 빠지고 말았어요."

"어머, 망측해라!"

당황한 다프네는 도망가기 시작했다. 그녀가 허둥지둥 달려가자 아폴론도 뒤따라 달려갔다. 에로스의 납화살을 맞은 다프네는 아폴론이 두렵기만 했다. 사나운 짐승에게 쫓기는 사냥감처럼 다프네는 정신없이 달렸다. 닿을 만하면 멀어지고 닿을 만하면 멀어졌다. 아폴론은 도저히 그녀를 따라잡을 수 없었다.

"제발 멈추세요. 당신을 해치려는 게 아니에요. 내 말 좀 들어주세요."

다프네는 들은 척하지도 않고 죽을힘을 다해 도망쳤다. 아폴론은 포기하지 않고 계속 쫓아갔다.

"다프네, 당신을 해치려는 게 아니에요. 제발 거기 서세요. 나는 제우스 신의 아들 아폴론입니다. 절대로 수상한 자가 아니에요. 제발 도망치지 마세요."

제우스라는 이름을 듣자 다프네는 더욱 두려워졌다. 제우스의 유혹에 빠져 곤란해진 여자가 한둘이 아니었다. 그의 아들이 자신에게 똑같은 짓을 하려는 것이라는 생각이 들었다.

'저 불한당이 진정 내 신세를 망칠 셈이구나.'

온 힘을 다해 도망쳤지만 다프네는 아폴론에게 붙잡히고 말았다. 아폴론과 실랑이를 벌이던 다프네는 간신히 몸을 빼내 도망치기 시작했다. 숨이 턱까지 차올랐지만 아폴론은 멈출 수 없었다. 한번 맞은 에로스의 화살은 절대로 빠지는 법이 없었다. 다프네에 대한 아폴론의 마음은 점점 커져만 갔다. 무슨 일이 있더라도 다프네를 붙잡아 자신의 여인으로 삼아야겠다는 생각만 들었다. 아니나 다를까, 신보다 체력이 약한 다프네는 서서히 지쳐갔다. 발걸음이 느려지고 비틀거리기까지 했다. 마침내 다프네를 따라잡은 아폴론은 양팔을 벌려 그녀를 끌어안으려고 했다. 자신의 품에 끌어안으면 다시는 빠져나갈 수 없을 것이고, 그렇게 품에 꼭 끌어안은 채 사랑의 말을 건네면 자신의 마음을 받아줄 거라고 생각했다. 아폴론이 그녀의 옷을 붙잡으려고 하자 다프네는 절규하듯 하늘에 대고 외쳤다.

"아, 어머니 가이아 여신이시여! 너무하십니다."

대지가 꿈틀거렸다. 땅속에서 가이아가 말했다.

"내 딸아, 왜 그러느냐?"

"저를 아폴론에게 넘기지 말아주세요. 그가 왜 저를 아내로 삼으려는 겁니까?"

"네 운명이다. 어찌하겠느냐."

"어머니, 아폴론의 아내가 되느니 차라리 바위나 나무나 쓸데없는 그 무엇이 되는 게 낫겠어요."

"사랑하는 딸아, 알겠다."

그 정도 부탁은 들어줄 수 있었다. 도망치는 다프네의 걸음이 점점 느려지더니 그녀의 발은 나무뿌리가 되어 땅속으로 들어가고 그녀의 머리카락과 팔, 다리는 나뭇가지와 줄기가 되었다. 뒤늦게 달려온 아폴론은 나무로 변해버린 다프네 앞에 무릎을 꿇었다.

"아무리 내가 싫어도 나무가 될 건 뭐요."

향기가 멀리까지 퍼지는 그 나무는 바로 월계수였다. 나무가 되어버린 다프네를 끌어안은 채 아폴론은 이루어지지 못한 사랑의 슬픔에 통곡했다. 사랑에 빠진 순간, 그 상대를 잃었으니 그의 슬픔은 너무나도 크고 깊었다. 아폴론은 한참 동안 아무 말 없이 빛나는 잎사귀만 쓰다듬었다.

"아, 그대를 데리고 갈 수는 없지만, 그대를 잊지 않기 위해 증표를 가져가겠어요."

아폴론은 잎사귀가 붙은 작은 가지를 엮어 화환을 만들었다. 월계수 화환을 쓰자 쓰린 마음이 조금은 위안받는 것 같았다. 월계수 화관이 시들 때마다 아폴론은 다프네를 찾아와 화관을 새로 만들어 썼다.

이 일이 있은 뒤 아폴론은 하늘에 대고 외쳤다.

"나는 절대로 결혼하지 않겠다!"

잘생긴 그가 결혼하지 않겠다고 선언하자 땅에 있는 모든 요정과 여신들은 비탄의 탄성을 질렀다.

"아, 아폴론이 독신주의를 선언했어."

"이럴 순 없어!"

하지만 그러한 아폴론도 여인을 마음에 품기도 하고 자손을 두기도 했다. 그는 아이톨리아 왕 에베노스의 딸 마르페사를 마음에 두고 있었다. 에베노스는 아름다운 마르페사를 공들여 키웠다. 에베노스는 그 자신이 뛰어난 무사일 뿐 아니라 자신의 무력에 기대 강력한 나라를 건국한 왕이었다. 마르페사가 얌전하고 조신하다는 말을 듣고 사방에서 청혼이 들어왔다. 그럴 때마다 에베노스는 큰 소리로 웃으며 말했다.

"하하하하, 내 딸과 결혼하려면 이륜마차 결투를 해서 나를 이겨야 한다. 그런 자에게만 내 딸을 주겠다."

이런 조건을 내걸었는데도 구혼자는 계속 몰려들었다. 그도 그럴 것이 마르페사는 너무도 아름답고 사랑스러웠다. 에베노스를 꺾기만 하면 아름다운 공주가 자신의 아내가 되는 것은 물론, 엄청난 재산과 왕국을 차지할 수 있었다. 창을 들고 이륜마차를 달리며 벌이는 결투는 일대일로 맞서는 것이니 개인의 능력만 출중하다면 가능성이 충분히 있다고 생각한 것이다. 수많은 젊은이가 목숨을 건 도전에 나섰다. 하지만 에베노스는 창 솜씨가 빼어날 뿐만 아니라 마차 모는 솜씨도 뛰어나서 구혼자들은 하나같이 에베노스의 제물이 되고 말았다. 아무도 더 이상 에베노스에게 도전하겠다고 나서는 사람이 없을 정도였다.

그러던 어느 날, 한 청년이 나타났다. 그는 메세네 왕의 아들 이다스였다. 그 역시 뛰어난 용사로 싸움에서 한 번도 져본 적이 없었다. 게다가 그 잘생긴 청년은 놀라운 말을 끌고 왔다. 바로 날개가 달린 페가수스였다.

이다스가 청혼하러 왔다는 소문이 퍼지자 마르페사는 마음이 아팠다. 멋진 남자가 자신에게 청혼하다니 참으로 고맙고 가슴 설레는 일이었다. 그러나 그와 결혼하려면 아버지가 죽어야 했다. 이율배반적인 결혼 조건에 마르페사는 더없이 괴로웠다. 그런데 도전장을 내밀러 왕궁에 들어오는 이다스를 보자마자 불길한 예감이 들었다.

'이제껏 이륜마차 결투에서 아버지를 이긴 사람은 아무도 없었어. 하지만 저 사람은 왠지 다를 것 같아.'

이다스는 두려움에 떠는 마르페사를 보고 말을 건넸다.

"아름다운 공주님! 저녁때 조용히 저를 만나주시겠습니까?"

"그렇게 하겠어요."

마르페사는 그를 만나 아버지를 죽이지 말아달라고 부탁할 생각이었다. 도전장을 내밀고 궁 밖으로 나갔던 이다스는 저녁때가 되자 다시 궁 안으로 들어왔다. 조용히 들어온 그는 공주를 만나 은밀히 속삭였다.

"공주님, 그대는 정말 제 인생을 걸 만한 분이시군요. 아버지를 사랑하는 마음도 아름답고요."

"당신은 정말 멋진 분이시지만 전 어떻게 해야 할지 모르겠어요."

"그래서 제가 만나자고 한 겁니다. 제가 원하는 것은 당신 아버지의 재산이 아닙니다. 그리고 왕이 되는 것도 아닙니다."

놀라운 말이었다. 이제까지 이런 말을 한 사람은 아무도 없었다.

"그런데 어째서 이곳에 오셨습니까?"

"저는 오로지 당신만을 원합니다."

"하지만 그러려면 마차 결투에서 이겨 제 아버지를 죽여야 하지 않습니까?"

"방법이 있습니다. 우리끼리 도망가는 겁니다."

그런 생각은 한 번도 해본 적 없었다.

"도망이요? 어떻게요? 저렇게 보초병들이 많이 있는데……."

"내가 몰고 온 말은 보통 말이 아닙니다. 내 명령을 받으면 날갯짓해서 날아갈 수 있지요. 하늘로 날아서 도망치면 됩니다."

"정말로 그게 가능하다면 당신과 함께 떠나겠어요. 아버지도 살리고 당신과도 결혼할 수 있는 유일한 방법이잖아요."

"새벽에 다시 오겠습니다."

두 사람 중 하나를 골라야 하는 극단적 선택은 이렇게 제3의 방법을 택하는 것으로 해결할 수 있었다. 마르페사는 몰래 떠날 준비를 했다. 귀중한 물건들을 챙기고 가장 아름다운 옷을 입은 뒤 이다스가 오기만을 기다렸다. 마침내 깊은 밤, 모두들 잠든 시간 마르페사는 창가에 서 있었다. 어디선가 바람 소리가 나더니 저만치에서 이다스가 페가수스를 타고 날아와 창문 앞에 떠오른 채 말했다.

"공주, 내 손을 잡아요."

이다스가 손을 내밀자 마르페사는 어디에서 용기가 났는지 그의 손을 잡고 페가수스의 등 위에 올라앉았다.

"정말 대단한 말이군요. 이런 말이 어디에서 나셨습니까?"

"포세이돈 신께서 선물로 주셨어요. 아름다운 당신을 아내로 맞으려면 필요할 거라고 하셨지요. 자, 이제 떠납시다."

페가수스는 거세게 날갯짓하더니 하늘 높이 날아올랐다.

"어디로 가는 건가요?"

"우리는 메세네로 갈 겁니다."

그때 동쪽에서 해가 떠오르며 날아가고 있는 그들에게 황금빛 햇살이 비쳤다. 이를 본 보초병이 소리쳤다.

"아니, 저기 공주님이……. 공주님이 도망치고 계시잖아?"

"어서 알려야 돼!"

병사들이 달려와 잠자고 있던 왕에게 이 사실을 급히 알렸다.

"대왕님, 빨리 일어나십시오. 공주님께서 날개 달린 말을 타고 웬 남자와 함께 떠나가고 계십니다."

"그게 무슨 소리냐?"

에베노스는 자다가 벌떡 일어나 창문 밖을 내다보았다. 페가수스가 날아가는 모습이 저만치 손가락만 하게 보이다가 마침내 점이 되어 사라졌다.

"이럴 수가……. 내 딸이 사내놈과 도망을 가다니."

에베노스는 분통이 터졌다.

"당장 쫓아가서 잡아와라!"

"날아가는 공주님을 무슨 수로 잡아온다는 말씀이십니까?"

틀린 말도 아니었다. 왕의 권위와 권력도 이런 상황에서는 아무런 도움이 되지 않았다. 에베노스는 앓아누웠다.

"아, 사랑하는 딸이 나를 배신하다니!"

그렇게 며칠 동안 분노에 사로잡혀 있던 에베노스는 자리에서 벌떡 일어났다.

"그래! 아폴론 신에게 도움을 청해야겠다."

사실 아폴론은 결혼하지 않겠다고 선언했지만 슬슬 마음이 변해 마르페사에게 은근히 관심이 쏠리고 있는 중이었다.

"아폴론 신이시여, 저를 도와주십시오. 곱게 키운 딸을 날강도 같은 놈에게 뺏겼습니다."

아폴론은 이내 그의 앞에 모습을 드러냈다. 에베노스는 자신의 억울한 심정을 남김없이 토로했다.

"신이시여, 이렇게 황망한 경우가 어디 있습니까?"

아폴론도 은근히 화가 치밀었다. 마음에 두었던 여인이 다른 남자와 도망쳤는데 좋을 리 있겠는가. 이참에 도와주면 마르페사가 자신의 여인이 될 수도 있겠다는 흑심도 있었다.

"걱정하지 마라. 내가 도와주겠다. 나의 마차에 올라라."

에베노스는 황송하게도 아폴론의 마차에 올라타 하늘을 날아가기 시작했다. 마차는 현기증이 날 정도로 빨리 달렸다. 인간이 신의 마차에 타는 것은 상상도 할 수 없는 일이다. 그런데도 에베노스는 겁 없이 말했다.

"더 빨리 채찍질하십시오! 더 빨리!"

신들이 타는 말을 채찍질하자 그 속도는 감히 인간이 견딜 수 있는 게 아니었다. 에베노스는 그만 급선회하는 마차에서 떨어져 디트로마스강에 빠져 죽고 말았다. 뒤늦게 아폴론이 달려가 건져냈지만 그는 한낱 인간일 뿐이었다. 너무 높은 곳에서 떨어져 충격을 받은 데다가 한참 떠내려가는 동안 물속에서 숨을 쉬지 못해 이미 이 세상 사람이 아니었다. 딸을 잃은 아버지의 억울한 죽음을 본 아폴론은 맹세했다.

"내 반드시 마르페사를 아내로 삼아 그대의 억울함을 풀어주겠소."

그리고 그곳을 떠나려다가 한마디 더했다.

"앞으로 이 강은 에베노스강이라 불러라."

아폴론은 다시 마차를 끌고 이다스를 잡기 위해 달려갔다. 아무것도 모른 채 자신의 땅 메세네에 거의 도착해 안심하고 있던 이다스 앞을 아폴론이 바람처럼 달려와 막았다.

"거기 서거라!"

아폴론이 소리쳤다.

"신이 왜 인간들의 일에 나서는 겁니까?"

이다스는 단호했다. 자신의 여인을 지키려는 남자의 본능은 더없이 강한 법이다.

"네놈이 남의 여자를 가로채 도망가니 용서할 수 없어서 나타났다."

"남의 여자라니요? 나와 함께 페가수스를 타고 온 마르페사는 나의 약혼녀입니다."

"나는 오래전부터 마르페사를 나의 여인으로 삼으려고 마음먹고 있었다. 어서 내놓아라."

"당신은 결혼하지 않겠다고 선언하지 않았습니까? 그런데 이제 와서 마음을 바꿔먹다니 부끄럽지도 않습니까? 당신이 신이든 그 누구든 간에 절대로 내놓을 수 없습니다."

이다스와 아폴론은 땅으로 내려와 마주 섰다. 마르페사는 당황스러웠다. 자기 한 사람을 두고 이렇게 엄청난 일이 벌어지다니 도저히 감당할 수 없었다.

"네놈이 신 앞에서 감히⋯⋯."

"신이라 해도 나는 끝까지 나의 여인을 지키겠습니다."

"그렇다면 결투라도 하겠다는 것이냐?"

"당당히 결투하겠습니다."

둘은 마침내 결투를 벌였다. 맨몸으로 쓸 수 있는 모든 무기를 동원해 끝까지 싸우기로 했다. 이다스는 신이 아니었지만 그 역시 뛰어난 전사였다. 실전에서 실력을 길렀고 힘도 셌다. 들판에서 드디어 싸움이 시작됐다.

"으랏차!"

"에익!"

둘은 있는 힘을 다해 싸웠다. 아폴론은 이렇게 강한 인간을 본 적 없었다. 업어치기로 내던지면 되치기로 감아쳤다. 대지가 흔들리고 땅이 파이고 하늘이 울렸다. 그들의 싸움을 구경하러 사방에서 구경꾼이 몰려들었다. 사람들은 제각기 편을 갈라 응원했다.

"이다스! 이겨라! 이겨라!"

신을 존경하는 여인들도 외쳤다.

"아폴론 님, 꼭 이기세요! 아폴론! 아폴론!"

땅 위에서 벌어지는 둘의 결투에 온 세상이 시끌벅적해졌다. 올림포스에 있던 제우스는 신이 인간과 싸우는 것을 보며 곰곰이 생각했다.

'그래도 아폴론은 신인데, 인간에게 지는 건 말도 안 되는 일이지.'

곰곰이 생각해보니 이겨도 그것대로 문제였다.

'남녀가 서로 좋아서 도망친 건데 신이 개입해서 남자를 죽이고 여자를 가로챈다? 이것도 신의 권위를 손상시키는 일 아닌가.'

아폴론이 저도 문제고, 이겨도 문제였다. 그 어떤 결과도 제우스가 원하는 게 아니었다. 제우스는 이 싸움이 결판나기 전에 멈춰야겠다는 생각이 들었다. 그는 독수리를 타고 선회하면서 외쳤다.

"너희는 당장 싸움을 멈춰라!"

제우스가 나타나자 사람들은 모두 엎드려서 벌벌 떨었다. 그러나 이다스는 아폴론의 다리를 붙잡은 손을 놓지 않았다. 아폴론 역시 제우스가 멈추라고 했지만 이다스의 목을 조르는 손에서 힘을 빼지 않았다. 화가 난 제우스는 천둥같이 고함을 질렀다.

"내 말이 들리지 않느냐?"

제우스의 목소리에 대지가 울렸다. 깜짝 놀란 둘은 재빨리 떨어졌다.

"너희들은 어찌하여 이렇게 요란하게 싸우는 것이냐?"

그러자 아폴론이 먼저 무안한 얼굴로 대답했다.

"아버지 제우스 신이시여, 말씀드리겠습니다. 저는 이 여인 마르페사를 오래전부터 아내로 삼고자 했습니다. 때가 되면 청혼하려고 했는데 감히 저 인간이 제 여인을 가로채 도망가기에 막느라고 이렇게 싸움을 벌이게 되었습니다."

그러자 이다스도 지지 않고 외쳤다.

"신과 인간들의 아버지이신 제우스 신이시여, 당신은 법과 정의를 실천하는 분이시지 않습니까? 여인의 마음은 그 누구도 억지로 사로잡을 수 없습니다. 저 여인은 제 아내가 되기로 결심했습니다. 그런데 아무리 신이라 해도 갑자기 나타나서 빼앗으려고 하니 말이 됩니까? 저는 죽으면 죽었지 저 여인을 포기할 수 없습니다."

일은 점점 골치 아파졌다. 한참 고민하던 제우스는 당사자인 마르페사를 불렀다.

"공주여, 너는 내가 보기에도 참으로 아름답구나."

그 말을 듣자 사람들과 아폴론은 물론 이다스와 마르페사도 소름이 돋았다. 제우스가 아름답다고 느끼는 순간, 어떤 일이 벌어지는지 잘 알았기 때문이다. 마르페사는 당황하지 않고 지혜롭게 눈을 반짝이며 말했다.

"제우스 신이시여, 미천한 소녀를 위해 올림포스산에서 내려와주시다니 감사합니다."

예를 갖춰 감사를 표한 뒤 마르페사는 말을 이었다.

"제 생각을 물으시니 감히 말씀드리겠습니다. 아폴론 신이시여, 당신은 참으로 아름답고 빛나는 분이십니다. 당신은 불멸의 존재로 영원히 젊은 모습이시겠지요. 인간인 저는 지금은 봐줄 만하다지만 시간이 흐르면 눈은 처지고 젖가슴은 늘어져 아름답다고 할 만한 부분이 더 이상 남아 있지 않을 겁니다. 그때가 되면 저는 당신에게 버림받을 게 뻔합니다."

"……."

아폴론은 아니라고 말하지 못했다.

"제우스 신이시여, 저는 아버지를 죽인 남자와 결혼할 거라는 신탁을 받았습니다. 그것 때문에 저는 늘 위축되고 불행하게 살았습니다. 수많은 청혼자들이 왔지만, 그들은 모두 비겁하게 도망치다 죽거나 실력이 부족해 아버지를 꺾지 못했지요. 아버지를 꺾은 남자와 결혼할 수밖에 없는 비참한 운명이었는데 다행히 이다스는 그러한 저의 운명에서 벗어날 수 있도록 도와주었습니다. 저는 그를 사랑하며, 그의 아내가 되어 그의 아이들을 낳고 싶습니다. 제발 도와주십시오."

제우스는 고개를 끄덕였다.

"너에게 주어진 신탁은 이미 완성되었다."

"무슨 말씀이십니까? 저는 아버지가 돌아가실까 봐 멀리 도망쳤는데요."

"네 아비는 이미 죽었다."

"예?"

"하지만 네 남편 될 자가 죽인 것은 아니다. 아폴론의 마차를 타고 오다가 땅에 떨어져 죽었을 뿐이니, 너는 죄책감을 갖지 않아도 된다."

절묘한 운명이었다. 결투를 벌였다면 창에 찔려 죽었어야 될 아버지가 자신들을 쫓아오다가 마차에서 떨어져 죽었다고 하니 마르페사도, 이다스도 죄책감을 덜 수 있었다.

"모든 것은 네 뜻대로 이루어질 것이다."

그러자 모든 것을 받아들인 아폴론이 나섰다.

"지혜로운 여인이여, 당신의 말을 들으니 더더욱 당신이 아깝다는 생각이 들지만 그대의 판단과 이다스의 용기에 나는 나의 뜻을 접겠소. 그대들이 행복하게 살도록 축복하겠소."

그들을 축복해준 뒤 아폴론은 델포이 신전으로 날아가버렸다.

마르페사와 이다스는 이로써 슬프면서도 행복한 결혼식을 올리게 되었다. 장인이 죽은 덕분에 신부를 맞게 된 이다스는 결코 기쁘지 않았다. 마르페사 역시 마찬가지였다. 아버지가 돌아가셨다는 슬픔은 멋진 남자를 남편으로 맞이한 기쁨보다 결코 작지 않았다. 인생은 이런 것이다. 슬픔이 있으면 기쁨이 있고, 기쁨이 있으면 슬픔이 있으며, 어떨 땐 둘이 동시에 오기도 한다. 그것은 신에게도 다를 바 없었다. 아폴론은 자신이 관심을 두었던 여인을 보내주고는 결혼하지 않겠다는 결심을 다시금 되새겼다.

'아, 나에게는 슬픔을 잊게 해주는 것이 있지.'

그는 품에서 수금을 꺼내 들고는 아름답게 연주하며 노래를 불렀다. 아폴론이 들려주는 음악 소리에 온 산천과 초목이 감동을 받은 듯 평화롭게 잠이 들었다. 그렇게 며칠을 보내고 있는데 올림포스에서 초청장이 왔다.

"아폴론은 와서 즐거운 잔치에 참여해 음악을 연주하라."

아폴론은 기꺼이 올림포스로 가서 위대한 신들과 함께 자리했다. 올림포스 궁전 옆에는 높은 탑이 있었다. 그곳에 잘생긴 아폴론이 자리하면 아홉 명의 뮤즈가 몰려와 옆에서 코러스를 해주었다. 모든 신은 귓

가에 들려오는 천상의 음악 소리에 취했다. 아름답고 달콤한 노래를 듣고 있노라면 세상 모든 시름이 잊히며 신들조차 감동해 춤을 추거나 함께 어울려 넥타르를 마셨다. 먼저 뮤즈들과 카리테스가 일어나 분위기를 띄우면 아프로디테나 아르테미스가 춤을 추었다. 올림포스의 신들이 행복해지면 이 세상은 평화로워졌다. 세상의 모든 불행이 잠시 잊히는 듯했다.

그런데 아폴론에게도 자식이 있었다. 가장 유명한 것은 판이다. 판은 숲의 신으로, 머리에는 뿔이 나고 수염과 털과 발굽이 있는 반인반수의 외모를 가지고 있었다. 그는 음악에 능통했는데 특히 피리 연주가 일품이었다. 또 다른 자식으로 의사인 아스클레피오스가 있다. 테살리아의 왕 플레기아스의 딸 코로니스가 어머니다. 아폴론의 자식을 가진 상태에서 인간 남자에게 한눈을 판 코로니스는 아폴론의 쌍둥이 누이 아르테미스에게 목숨을 잃었다. 그녀의 시체가 장작불에 태워질 때 헤르메스가 황급히 배를 가르고 아기를 꺼냈다. 엄마를 잃은 아들이 슬피 울자 아폴론은 아이를 쓰다듬으며 말했다.

"사랑하는 아들아, 너를 가장 지혜로운 스승에게 맡기마."

당시 그리스에서 가장 지혜로운 스승이라고 하면 누구 할 것 없이 켄타우로스 케이론을 꼽았다. 아기를 맡아 기르게 된 케이론은 물었다.

"너는 무슨 공부를 하고 싶으냐?"

아스클레피오스는 고심한 끝에 자기 속마음을 말했다.

"어머니가 살아 계셨으면 어머니와 함께 많은 것을 보고 느꼈을 겁니다. 하지만 어머니는 제 얼굴도 보지 못하고 돌아가셨지요. 인간들은 왜 병에 걸리거나 사고로 죽는 걸까요? 저는 그런 인간들을 도울 수 있는 공부를 하고 싶습니다."

"의학 공부를 하고 싶다는 것이로구나."

"예, 그렇습니다."

케이론은 숲속에 살면서 모든 약초와 모든 광물을 다 먹어보고 그 효과를 스스로 체험해본 자였다. 그는 이 모든 것을 기록해뒀는데, 그 양이 방대한 백과사전 못지않았다.

"좋다. 내가 알고 있는 모든 걸 전수해주마."

그는 자신이 알고 있는 약초들에 대한 지식과 약의 제조법, 환자를 치료하는 방법에 대한 지식을 자세히 알려주었다. 열심히 배우고 익힌 결과, 아스클레피오스는 명의가 되었다. 게다가 그는 아폴론 덕분에 불멸의 존재가 되어서 신의 반열에 올랐다. 그야말로 힘들고 어려운 사람들을 도와주는 축복받은 신이었다. 그의 의술은 죽은 사람을 살려내는 경지에 이르렀다.

죽은 자들을 불러들여도 오지 않자 저승의 신 하데스가 물었다.

"이게 어찌 된 일이냐? 죽은 자들이 왜 오지 않는 거냐?"

사자들이 말했다.

"최근 들어 죽은 자들이 되살아나고 있습니다."

"그게 무슨 해괴한 말이냐? 어떻게 죽은 자가 되살아난단 말이냐?"

"케이론에게 배운 데다가 그 자신의 노력으로 의술이 신의 경지에 이른 아스클레피오스가 치료하기 때문입니다."

"아스클레피오스가 도대체 누구냐? 내가 당장 가서 그자를 요절내고 말리라."

"그의 아버지는 아폴론입니다."

그 말을 듣자 금방이라도 지상으로 올라갈 듯했던 하데스는 주저앉았다. 신이 한 일에 대놓고 훼방 놓거나 응징할 수 없었기 때문이다.

"큰일이구나. 그를 그냥 놔둔다면 이곳 지하의 저승 세계로는 아무도 오지 않을 것 아니냐? 이것이야말로 제우스가 나의 영역을 침범한 것 아니냐?"

화가 난 하데스는 방향을 바꿔 올림포스에 모습을 드러냈다. 하데스가 나타나자 맑고 청명하던 올림포스에 검은 구름이 끼었다. 하데스가 당당하게 손가락질하며 말했다.

"제우스, 지금 무슨 짓을 하는 거요? 왜 죽은 자들을 다시 살려내고 있는 겁니까? 그렇다면 나도 지하에서 나와 이 지상 세계에 자리 잡아도 된다는 겁니까?"

그것은 있어서는 안 되는 일이었다. 제우스와 하데스, 포세이돈 셋이 서로 평화롭게 분할해서 다스리고 있는 세상 아니던가.

"그게 무슨 말인가? 자세히 이야기해보게."

잔뜩 흥분한 하데스가 자초지종을 이야기하자 제우스는 벌떡 일어났다.

"우리들이 정해놓은 신성한 규칙을 대체 어떤 자가 깼단 말이오. 하데스, 그대는 내려가 있으시오. 내가 모든 것을 바로잡겠소."

제우스가 분노하는 것을 보자 하데스는 한번 믿어보겠다며 돌아갔다. 제우스의 화가 온 세상에 드리워졌다. 하늘은 온통 흐려졌고 천둥과 번개가 치기 시작했다.

"누가 감히 내가 정해놓은 이 세상의 질서를 깨는 것이냐?"

"저쪽에 있는 저자입니다."

신들은 모두 아스클레피오스를 가리켰다.

"아폴론의 아들인 저자가 바로 범인이로구나. 당장 응징하겠다."

환자들을 돌보던 아스클레피오스에게 강력한 번개가 내리꽂혔다.

"으아악!"

순식간에 온몸이 불덩이가 된 아스클레피오스는 먼지가 되어 흩어져버렸다. 그대로 저승으로 내려간 것이다. 북쪽에 가 있던 아폴론은 이 소식을 듣고 황급히 돌아왔다. 하지만 때는 이미 늦은 뒤였다. 아버지 제우스가 세상의 질서를 무너뜨린 손자를 죽여버린 것이다. 이후 제우스가 세운 법칙은 다시는 흔들리지 않았다. 아스클레피오스가 죽은 이후, 다시는 죽은 자가 되살아나지 않았다. 한편, 아스클레피오스는 하데스에게 크게 꾸지람을 듣고 지하 세계에 머물게 되었다. 그는 아픈 사람이나 죽어가는 사람에 대한 동정심이 가득한 자였다. 축축하고 음습한 지하 세계에 살고 있는 자들이 병에 걸리면 그들 또한 치료해주었다. 그 뒤로 여기저기에 아스클레피오스의 신전이 세워졌다. 환자들이 그 신전에 와서 기도하면 병이 나았다. 병원의 기능을 했던 것이다.

그에게는 딸이 둘 있었다. 하기에이아와 파나케이아였다. 이 둘은 아버지에게 의술을 배우다 중단한 상태였지만 의술에 대한 열정만큼은 아버지 못지않게 대단했다.

하기에이아는 위생에 관한 기본적인 것들을 사람들에게 알려주었다.

"생활환경을 깨끗이 하세요. 손을 자주 씻고 더러운 물을 마시면 안 됩니다."

파나케이아는 약을 만드는 데 재능이 있었다. 그녀는 아버지에게 배운 재주로 약을 만들어 사람들에게 나누어주었다. 그녀가 만든 약은 많은 사람들의 생명을 구했다. 이런 이유로 지금까지도 아스클레피오스는 의술의 신으로 존경받고 있다.

이 모든 것은 우울함과 어두움을 이기고 밝음으로 나아가는 상징성을 지닌다. 아폴론이 있었기에 인간들의 삶에 밝음과 쾌활함이 존재하는 것이다. 밝음과 쾌활함을 방해하는 가장 큰 요인인 질병을 그의 아들과 손녀들이 치료했다는 것은 전혀 우연한 일이 아니다.

11

깨방정 헤르메스

아폴론은 자신만의 암소 떼를 기르고 있었다. 아름다운 암소들은 올림포스산 초원에서 풀을 뜯어 먹으며 자유롭게 자랐다. 올림포스의 신들은 연회를 열 때 때때로 이 암소들을 잡아 그 고기를 먹으면서 즐거운 시간을 보냈다. 과감하게도 그런 아폴론의 암소를 훔친 자가 있었다.

어느 날, 아폴론은 소들이 사라진 것을 보고 분노했다.

"감히 어떤 놈이 내 소를 훔친 거냐?"

암소를 찾기 위해 아폴론은 발자국을 쫓아 추적했다. 들판을 건너고 숲을 지나고 강을 건넜는데, 다다른 곳은 아까 암소가 있던 자리가 아닌가.

"이게 어떻게 된 일이지?"

상상도 못 할 놀라운 지혜를 가진 도둑이었다. 신이라 해도 이렇게 신출귀몰한 재주 앞에서는 방법이 없었다. 아폴론은 델포이 신전을 찾아갔다. 신의 뜻을 해석하는 데 있어서는 델포이 신전의 신탁이 최고였기 때문이다. 사제는 아폴론이 찾아오자 정성을 다해 신탁을 받아 전해 주었다.

"작은 신이 훔쳐 갔습니다. 작고 귀여운 신입니다."

"그 신이 어디에다가 내 암소들을 숨겼단 말이냐?"

"부근의 동굴에 숨긴 것 같습니다."

아폴론은 서둘러 동굴로 달려갔다. 동굴 부근에는 정말로 소 발자국이 어지럽게 찍혀 있었다.

"이곳에 숨겼구나."

서둘러 안으로 들어갔는데 동굴이 텅 비어 있었다.

"정말 대단한 도둑이로군. 어떻게 내가 올 줄 알고 벌써 소 떼를 옮겼지?"

동굴 주변은 온통 발자국투성이인데 정작 동굴 안은 깨끗한 것을 보고 아폴론은 또다시 속았다는 생각이 들었다. 그래서 이번에는 키레네로 찾아갔다. 작고 귀여운 신이라면 키레네에 있는 헤르메스밖에 없었기 때문이다. 갓난아기 헤르메스 신은 요람에 누워 혼자서 발버둥치며 놀고 있었다. 발에 묻어 있는 흙을 보고 아폴론은 바로 감을 잡았다.

"요망한 꼬마 신아, 당장 일어나라. 내 암소 떼를 훔쳐서 어디에 데려다 두었느냐? 네 발에 묻어 있는 흙이 바로 그 증거다. 똑바로 얘기하지 않으면 저승 깊은 곳에 던져버리겠다."

헤르메스는 시치미를 뚝 뗐다. 자기는 누가 봐도 어린 신이었기 때문에 감히 소들을 훔쳐 갔을 거라고는 아무도 짐작하지 못할 거라고 생각한 것이다. 헤르메스는 귀여운 목소리로 천연덕스럽게 말했다.

"아폴론 신께서 어쩐 일이세요? 무슨 말씀을 하시는지 도무지 모르겠네요. 저는 어제 태어난 아기일 뿐이에요."

"거짓말하지 마라. 너는 신이다. 신은 인간과 달리 언제 태어났는지, 덩치가 큰지 작은지는 중요하지 않아."

이렇게 갑론을박하면서 헤르메스는 계속 누워서 버텼다. 어린아이처럼 떼를 쓴 것이다. 아폴론은 분한 마음을 참지 못하고 헤르메스를 번쩍 들어서 땅바닥에 내려놓았다. 그러자 헤르메스는 울면서 대거리했다.

"앙앙! 왜 그러세요? 지금 힘세다고 저를 괴롭히는 거예요? 이건 아동학대예요."

"헛소리하지 마라. 제우스 신에게 가서 너를 고발하겠다. 당장 따라오거라."

제우스의 이름을 듣고서도 꼬맹이 헤르메스는 울먹이며 말했다.

"흑흑! 좋아요. 이제 제가 얼마나 억울한지 알게 되겠군요."

그들은 하늘을 날아 올림포스 궁전 황금 의자에 앉아 있는 제우스에게 다가갔다. 영악한 헤르메스는 제우스를 보고도 두려운 기색 없이 끝까지 거짓말을 했다.

"저는 소를 훔쳐 간 적 없어요. 아버지 제우스 신이시여, 저는 아폴론의 암소와는 전혀 상관없어요."

헤르메스

헤르메스는 《그리스 로마 신화》에서 디오니소스와 더불어 가장 어린 신이지만 영리하고 지혜로운 신이야. 태어난 지 얼마 되지 않아 아폴론의 소를 훔친 이야기에서도 그의 재기발랄함을 엿볼 수 있어. 도둑과 나그네와 상인의 신인 그는 날개 달린 모자와 날개 달린 신발을 신고, 두 마리 뱀이 휘감고 있는 독수리 날개가 달린 지팡이를 든 모습으로 표현되지. 신들의 전령 역할을 하는 그는 하늘부터 지하까지 가지 못하는 곳이 없었어. 그는 신과 인간 사이를 오가고 저승과 이승 사이를 오가며 소식을 전해주었어. 죽은 영혼을 저승까지 인도하는 역할도 했어.

귀여운 헤르메스를 보고 미소 짓던 제우스는 그가 한 치의 거리낌도 없이 거짓말하는 것을 보고는 우레같이 소리를 질렀다.

"이 녀석, 이렇게 어린데도 거짓말부터 하다니. 어린애 장난이라고 웃어넘기기엔 너무 심하구나. 당장 암소 떼가 있는 곳으로 가서 아폴론에게 돌려주도록 해라. 그 암소는 올림포스의 신 모두의 것이다."

그 말을 들은 헤르메스는 고개를 푹 숙이고 아폴론을 앞세워서 안내했다.

"저를 따라오세요. 암소 떼를 돌려드릴게요."

그들은 필로스 근처의 동굴로 갔다. 그런데 그 동굴은 아폴론이 이미 한 번 들어갔다 나온 곳이었다.

"또 나를 속이려는 거냐? 이 동굴은 내가 발자국을 따라 이미 들어와 봤던 곳이다."

"아니에요. 아니에요. 안으로 들어가보세요."

안으로 들어가자 깊은 동굴 안에서 암소들이 편안하게 쉬고 있는 것이 보였다.

"아니, 어떻게 이럴 수 있지?"

"이 동굴은 반대쪽에도 입구가 있어요. 좁은 쪽 입구에 들어오면 소들이 없는 것처럼 보이지만 반대쪽 입구로 들어오면 소들이 보이는데 아폴론 형님은 반대쪽 입구를 모르셨던 거지요."

자존심 강한 아폴론은 자신의 지혜가 부족했다는 생각에 얼굴이 붉으락푸르락했다. 헤르메스는 아폴론의 눈치를 살피더니 이내 좋은 생각이 떠올랐다는 듯, 동굴 옆에 세워놓은 이상한 물건을 꺼내 들었다.

죽은 거북이의 등껍질에 끈이 묶여 있었다.

"이건 제가 만든 수금이에요. 화내지 말고 제 음악을 들어보세요."

"어린 네가 악기를 연주한다고?"

음악이라면 아폴론도 한가락 하는 편이었다.

"네, 한번 들어보세요."

헤르메스는 자신이 만든 수금을 연주하기 시작했다. 그야말로 신의 음악이라고 할 만했다. 온 세상의 아름다운 것들을 추려내 그 정수만 뽑아 만든 소리 같았다.

"이렇게 해괴하게 생긴 악기로 이토록 아름다운 음악을 연주할 수 있다니……."

아름다운 음악 소리를 듣자 아폴론은 마음이 가라앉는 것 같았다. 화가 풀리면서 마음이 편안해졌다. 새가 한 마리 날아와 수금 소리에 맞춰 노래하자 무아지경에 빠질 것만 같았다.

"아, 참으로 대단하구나. 네 음악을 들으니 모든 분노와 화가 가라앉고 마음이 치유되는 것 같다."

"길을 가는데 거북이 등껍질이 보이기에 줄을 매봤어요. 참 아름다운 소리가 나죠?"

"그렇구나. 거북이 등껍질 덕분에 소리가 울리는구나."

거북이 껍질이 일종의 공명통 역할을 해서 소리가 더 크고 선명하게 울리는 효과를 낸 것이다.

"악기를 연주하다 보니 제 장난이 너무 심했다는 생각이 드네요. 음악 취향도 맞는 것 같은데, 괜찮으시다면 저와 친구가 되어주시겠어요?"

"좋다. 너와 친구가 되겠다. 우리는 어차피 같은 아버지 밑에서 나온 신이 아니더냐? 그나저나 네 음악은 뮤즈들도 따라올 수 없는 놀라운 치유의 능력을 가지고 있구나."

"앞으로 잘 지내자는 의미에서 선물을 드리고 싶어요. 이 악기를 받아주세요."

음악의 신 아폴론은 안 그래도 수금이 탐이 나던 차였다. 마음에 드는 선물을 받고 기분 좋아진 아폴론은 헤르메스를 번쩍 들어 올려 허공에서 몇 바퀴 돌려주었다. 이렇게 두 신은 화해했다.

"귀한 악기를 나에게 줘서 아쉽지는 않니?"

"아니에요. 제 일부를 드린 것 같아서 기분이 좋아요. 우리 둘이 하나가 되었다는 느낌이 들어요."

돌아서던 아폴론은 암소 떼를 보고 생각했다.

"헤르메스, 보답이랄 것은 없지만 나도 네게 선물을 주고 싶다. 내가 주려는 건 이 암소 떼다. 우리의 우정을 기념해서 줄 테니 잘 길러보거라."

"정말 고맙습니다. 사실은 암소들이 너무 예쁘고 탐스러운 나머지 갖고 싶은 마음에 그런 장난을 친 거였거든요."

그리하여 둘은 올림포스에서 가장 친한 사이가 되었다. 그런데 문득 아폴론은 헤르메스에게 자세한 이야기를 듣고 싶었다.

"도대체 내 소를 어떻게 훔친 거냐? 이야기나 들어보자."

헤르메스의 아버지는 제우스고 어머니는 티탄 아틀라스의 딸 마이야다. 꾀가 많고 호기심이 강한 헤르메스는 태어나자마자 벌떡 일어나 장난을 칠 궁리부터 했다.

"무슨 장난을 치면 좋을까? 나는 신이니 신다운 장난을 쳐야겠다."

그러다가 아폴론의 아름다운 암소 떼가 눈에 띄었다.

'저 아름다운 암소들을 내가 기를 수 있으면 좋겠어.'

그래서 헤르메스는 50마리나 되는 암소를 단번에 펠로폰네소스까지 끌고 온 거였다.

"발자국이 엉뚱한 곳에 나 있던 이유는 뭐냐?"

"아, 그건 제가 암소의 발굽을 뽑아 거꾸로 박아 넣었기 때문이에요."

"그러니 내가 소들이 간 것과 반대 방향으로 갈 수밖에 없었던 거로구나. 이상한 게 또 있다. 그렇게 많은 암소 떼를 데리고 움직였는데 어떻게 본 사람이 하나도 없을 수 있지? 아무도 암소 떼가 간 방향을 이야기해주지 않더구나."

"제가 암소 떼를 끌고 가는 걸 본 사람에게 소를 한 마리 나눠주면서 입을 막았기 때문이에요."★

"그래서 내가 물어봐도 다들 엉뚱한 소리를 했구나."

뿐만 아니라 자신이 아폴론의 암소 떼를 훔쳤다는 게 알려지면 안 될 것 같아 헤르메스는 암소를 한 마리 잡아 열 조각으로 나눠 신들에게 제물로 바쳤다. 물론 아폴론에게는 바치지 않았다. 신들에게 제물을 바치고 다들 공범으로 만든 셈이었다.

"헤르메스, 그런 짓을 하면 안 돼."

어머니 마이아가 꾸짖어도 소용없었다. 헤르메스는 못 말리는 고집쟁이에 장난꾸러기였다.

"하하, 너처럼 기발한 신은 본 적 없다. 커서 뭐가 될지 모르겠구나."

아폴론은 자초지종을 들은 뒤 자리를 털고 일어섰다.

헤르메스의 장난은 이렇게 해프닝으로 끝나며 아름다운 결말을 맺었다. 하지만 천성적으로 한 군데 가만히 있지 못하고 산지사방 돌아다니는 기질을 가지고 있는 헤르메스는 그 뒤로도 끊임없이 장난을 쳤다. 신들의 물건을 훔치거나 숨겨놓으며 그들이 당황하는 것을 보고는 즐거워했다. 어쩌다 들키면 이렇게 말했다.

"장난이었어요, 장난. 재미있지 않나요?"

청소년의 모습으로 자라났는데도 헤르메스의 장난은 멈출 줄 몰랐다. 제우스는 그런 헤르메스를 다시 한번 불러 주의를 주었다.

"너는 어째서 장난을 그만두지 못하느냐?"

"장난은 즐겁잖아요. 재미있잖아요. 그래서 했을 뿐이에요. 악의는 없어요."

"남을 괴롭힌 자들이 흔히 하는 변명이 장난이었다는 것이다. 남을 때리고도 장난이었다고 하고 말로 상처를 주고도 장난이었다고

여기서 잠깐!!

헤르메스가 소를 훔쳐 갈 때 이 과정을 모두 지켜본 유일한 목격자가 있었어. 바로 바토스라는 노인이야. 헤르메스는 바토스에게 소를 한 마리 주면서 누가 소들이 어디로 갔는지 묻거든 모른다고 답하라고 했어. 바토스는 돌에 대고 맹세했지. 그런데 바토스를 믿지 못한 헤르메스는 다른 사람으로 변장한 뒤 그에게 다가가 소 두 마리를 줄 테니 소 떼를 누가 훔쳐 갔는지 알려달라고 했어. 그랬더니 바로 본 대로 말해버렸대. 화가 난 헤르메스는 바토스를 돌로 만들어버렸어. 그 뒤로 진실한 사람이 이 돌을 만지면 아무 일도 없었지만, 거짓말쟁이가 만지면 돌로 변해버렸대. 이 돌이 바로 참과 거짓을 구분하는 돌, 시금석이야. 지금도 시금석은 금이 진짜인지 가짜인지 알려주는 증표로 쓰이고 있어.

하면서 넘어가려고 하는데, 그래선 안 된다."

"왜요? 그저 장난일 뿐, 악의를 갖고 하는 행동은 아닌데……."

"상대방도 즐거워야 장난이라고 할 수 있지. 너만 즐겁고 상대방은 고통스럽다면 그건 장난이 아니라 가해다."

"가해요?"

"그래. 네 성격은 알지만 앞으로는 조심해라. 아무리 장난이라고 해도 비슷한 행동이 되풀이되면 용서받기 어려운 법이야."

헤르메스는 풀이 죽었다. 하지만 그때뿐이었다. 오랜만에 올림포스에 불려온 헤르메스는 또다시 장난기가 돌았다. 이번에는 아버지 제우스의 최고 무기인 벼락이 탐났다.

'와, 저거 한 번만 써보면 좋겠다.'

자주는 아니지만 제우스는 벼락을 통해 세상을 응징했다. 제우스가 잠시 쉬는 사이, 헤르메스는 아버지 제우스의 벼락을 훔치기로 결심했다. 제우스의 벼락은 평상시 벽에 기대 세워놓으면 마치 빛나는 나뭇가지처럼 보였다. 다만, 그것은 제우스만이 손에 잡고 원하는 곳에 던질 수 있었다. 헤르메스는 살금살금 다가가 벽에 기대어 세워놓은 벼락을 움켜잡았다. 헤르메스가 벼락에 손을 댄 순간이었다.

꽈과광!

엄청난 소리가 나며 뜨거운 불길이 치솟았다. 천둥 번개가 사방으로 쏟아져 내렸다.

"아아악!"

손에 불이 붙은 헤르메스는 펄쩍펄쩍 뛰었다.

"앗, 뜨거워! 앗, 뜨거워!"

헤르메스는 비명을 질렀다. 하지만 그 비명은 아무것도 아니었다.

"어떤 놈이 감히 벼락에 손을 댄 거냐?"

올림포스 황금 궁전이 쩌렁쩌렁 울릴 정도로 소리치며 제우스가 달려왔다.

"헤르메스, 또 너냐?"

아직도 손에서 연기가 풀풀 나는 채, 깜짝 놀란 헤르메스는 무릎을 꿇었다.

"죄, 죄송합니다."

"내가 분명히 이야기했지? 장난은 모두가 즐거워해야 장난이라고. 지금 네 행동도 장난이라고 할 거냐? 봐라. 네 행동에 모든 신들이 놀라고 온 세상이 놀랐다. 저 아래 산불이 난 게 보이느냐 안 보이느냐?"

세상 여기저기에서 연기가 피어오르고 있었다. 마른하늘에서 번개가 내리쳤기 때문이었다. 헤르메스는 그제야 자기가 얼마나 큰 실수를 저질렀는지 깨달았다.

"게다가 이 벼락은 내 권위의 상징이다. 그런데 감히 네가 만져?"

제우스에게 호되게 혼난 헤르메스는 다시는 장난을 치지 않겠다고 맹세했다.

"아버지, 아버지께서 시키는 일은 무엇이든 하겠습니다. 더 이상 장난치지 않겠습니다."

뜨거운 맛을 보고 나서야 비로소 정신을 차린 것이다.

"네 재능과 발랄한 기질은 인정하지만, 그것도 좋은 데 쓰여야 의미가 있는 법이다."

헤르메스를 따끔하게 야단친 뒤 제우스는 다른 신들에게 아들을 대신해서 사과했다. 신의 세계에서나 인간의 세계에서나 자식의 잘못은 부모의 책임인 법이다.

"미안합니다. 헤르메스의 철없는 행동을 내가 대신 사과합니다. 다시는 이런 일 없을 거라고 헤르메스도 약속했으니, 모두들 용서하시고 각자의 자리에서 맡은 바 임무를 다해주십시오."

제우스는 들썩이는 올림포스산을 간신히 진정시켰다. 나중에 제우스는 헤르메스의 재주를 살려 그를 전령으로 썼다. 하지만 헤르메스는 제우스의 전령이 된 자신의 처지가 마음에 들지 않았다. 그는 침울한 얼굴로 한쪽 구석에 처박혀 있었다. 그걸 본 제우스는 안됐다는 생각에 헤르메스를 불러 타일렀다.

"헤르메스, 너는 앞으로 나의 전령이 되기로 하지 않았느냐?"

"예."

"앞으로 힘든 일이 있을 때마다 나를 돕도록 해라."

"알겠습니다."

"온 세상을 빠르게 돌아다녀야 할 테니 너에게 선물을 하나 주마."

제우스는 날개가 달린 신발을 건넸다.

"신어봐라."

"감사합니다. 정말 마음에 드는 선물입니다."

날개 달린 신을 신자 원하는 곳은 어디든 빛의 속도로 날아갈 수 있었다. 어느 누구보다 빠른 기동력을 갖춘 것이다. 이 신발 덕분에 헤르메스는 제우스의 전령 역할을 충실히 할 수 있었다. 아무리 어려운 일도 헤르메스에게 맡기면 총기 있는 생각으로 해결해냈다. 그래서인지 헤르메스는 재기발랄한 이들을 좋아했다. 헤르메스가 꾀를 써서 먹고사는 장사꾼들과 법률가들의 수호신이 된 것은 바로 그 때문이다. 그는 특히 머리를 쓰고 노력하는 사람들을 좋아했기에 상인들도 보호해주었다. 또한 어려서부터 소를 좋아해서 목동들의 수호신이기도 했다. 소를 좋아하는 그는 목동들에게 모자를 하나 얻어 썼다. 목동들이 햇빛을 가리기 위해 쓰는 모자로, 그 모자에는 날개가 달려 있었다. 그뿐만 아니라 헤르메스는 운동하는 자들의 수호신이기도 했다. 그는 장난꾸러기였지만 운동할 때는 더없이 진지해서 규칙을 잘 지키고 정정당당하게 겨루는 자들을 축복해줬다. 그리스 전역의 운동 경기장 옆에 헤르메스 조각상이 놓여 있는 것은 이 때문이다.★

여기서 잠깐!!

헤르메스 조각상 부근에서 휴식을 취하면 보호받는다는 속설이 있었어. 그래서 나그네들은 헤르메스 조각상을 보면 휴식을 취하곤 했는데, 그러면서 자신이 여행하다가 보고 들은 것들을 적어놓기 시작했지. 어느 지역에는 도둑이 많다든가 어느 지역에는 길이 끊어졌다는 메모들을 보면서 다른 나그네들은 정보를 얻기도 했어. 오늘날로 치면 인터넷 게시판이나 마찬가지인 셈이지. 과거나 현재나 정보가 중요한 것은 마찬가지야. 교회나 사찰 등 사람들이 많이 모이는 곳에서 정보의 교류가 이루어지는 것만 봐도 알 수 있는 일이지.

12

헤르메스의 아들

　장난을 좋아하는 유쾌한 신 헤르메스는 머리가 좋고 약삭빠르며 꾀가 많았다. 게다가 신과 인간의 세계는 물론 신조차 가기 어려운 죽음의 세계를 마음대로 오가며 제우스의 뜻을 전하는 신의 전령이었다. 올림포스의 신들은 모두 이런 헤르메스를 좋아했다. 그가 나타나면 무언가 좋은 소식을 가져왔으리라 기대하며 반겼다. 이는 신이나 인간 모두 마찬가지였다. 특히 요정들은 유명 가수를 사랑하는 것처럼 그에게 환호를 보냈다.

　이 숲 저 숲 다니던 헤르메스는 시켈리아에서 만난 요정과 사랑에 빠졌다. 이 요정은 얼마 뒤 헤르메스와 꼭 닮은 귀여운 아이를 낳았다.

"아, 아기가 귀엽긴 하지만 돌보는 건 꽤 번거롭구나."

요정은 아이를 낳았지만 기르는 건 귀찮았다. 산후우울증이 온 것이다. 자기와 하룻밤 사랑을 나누고 떠나버린 것을 생각하면 헤르메스와 함께 살기는 어려울 것 같고, 아이를 키울 생각을 하니 앞이 캄캄했다. 요정은 아이를 숲속에 버리고 멀리 떠나버렸다.

"응애! 응애!"

엄마가 떠난 뒤 아기는 울음을 터뜨렸다. 물의 요정들은 어디선가 들려오는 아기 우는 소리에 주위를 두리번거렸다. 월계수 나무 밑에서 아기가 울고 있는 게 보였다.

"어머, 나무 밑에 귀여운 아기가 있네. 우리가 데려다 기르자. 이런 곳에 버려졌는데도 죽지 않고 살아 있는 것을 보면 이 아이는 분명히 신의 아들일 거야."

"맞아. 맞아."

요정들은 아이를 데려다가 기르며 다프니스라고 이름 지었다. '월계수'라는 뜻이었다. 아이는 자라면서 특히 동물들을 좋아했다.

"이 아이는 목동이 되면 좋겠어."

"그래, 우리가 훌륭한 목동으로 기르자."

"훌륭한 목동이라면 한가한 시간에 음악을 연주할 줄 알아야 해."

"그러면 음악 선생님을 소개해줘야겠네."

요정들은 숲속 최고의 음악 선생님을 찾아갔다. 바로 피리의 달인 판이었다. 반인반수인 판은 켄타우로스와 달리 하체가 염소였다. 요정들은 판에게 찾아가 부탁했다.

"잘생긴 아이가 있는데, 가르침을 주시지 않겠어요?"

"나는 사람은 가르치지 않소."

"사람이 아니라 신의 아들이에요."

판은 그 말에 관심을 보였다.

"어디 그럼 한번 만나보기나 할까요?"

다프니스를 본 판은 아이가 마음에 들었다.

"다프니스, 나의 제자가 되겠느냐?"

"가르쳐주시면 열심히 하겠습니다."

"어디 한번 피리를 불어봐라."

피리를 처음 잡았다면서도 제법 아름다운 소리를 내는 것을 보며 판은 다프니스를 제자로 받아들였다. 판이 열심히 가르쳐주자 다프니스는 순식간에 아름다운 곡을 연주하게 되었다. 그때 그가 불었던 피리는 지금도 가장 아름다운 소리를 내는 피리 중 하나로 꼽히는 팬플루트였다.

다프니스는 아름다운 자연과 동물들의 삶을 노래하는 시인이 되었다. 다프니스는 또한 아버지 헤르메스의 업적을 찬양하는 노래를 즐겨 불렀다. 노랫말 하나하나가 참으로 아름다웠다. 헤르메스의 재능을 물려받은 덕분이었다. 헤르메스는 가끔 아들 앞에 나타나 그 빛나는 재능을 칭찬했다.

"아들아, 네가 자랑스럽구나. 나의 이야기를 널리 퍼트려줘서 정말 고맙다."

우아한 음악을 연주하는 데다 잘생긴 외모를 지닌 덕분에 다프니스는 점점 유명해졌다. 헤르메스의 명성도 더불어 높아졌다. 지금도 그렇지만 과거에도 인지도가 높아지면 많은 것을 할 수 있는 기회가 생기는 건 마찬가지였다.

잘생기고 재주 있는 다프니스를 요정들이 가만히 놔둘 리 없었다. 그 중 에케나이스라는 요정이 있었다. 다프니스가 연주하는 아름다운 곡조에 맞춰 에케나이스가 춤을 추고 노래를 부르면 그 아름다운 광경에 숲속에 있는 모든 요정들과 동물들이 넋을 잃고 바라볼 정도였다. 둘은 이내 사랑에 빠졌다. 그들은 시켈리아에서 가장 아름다운 한 쌍의 부부가 되었다. 이들의 결혼식에 음악이 빠질 수 없었다. 다프니스는 팬플루트를 연주하고 신부는 아름다운 춤을 췄다. 하지만 영원한 행복은 없는 법이다.

"다프니스, 나는 그대를 사랑해요."

"나도 당신을 사랑하오."

"하지만 불안해요."

"무엇이 불안하단 말이오?"

"당신은 신의 아들이잖아요. 게다가 당신의 할아버지는 신들의 왕 제우스 신이시지요."

"그렇소. 영광스럽게도 나에게는 신의 피가 흐르고 있소."

"당신의 아버지와 할아버지가 수많은 여자들에게 그랬듯, 당신이 언제고 나를 버리고 도망갈까 봐 두려워요."

"쓸데없는 이야기 하지 마시오. 우리 둘은 영원히 행복할 거요."

"영원한 행복이란 건 없어요. 나는 당신이 어느 날 갑자기 사라질까 봐 두려워요. 당신이 날 버리면 어떡하죠? 걱정을 떨칠 수 없어요."

미래가 두려울 정도로 행복한 나머지 에케나이스는 의부증이 생겨
버렸다. 그럼에도 불구하고 다프니스는 아내를 묵묵히 사랑하고 위로
하면서 모든 것이 잘될 거라고 말해주었다. 다프니스는 아내의 손을 꼭
잡고 끌어안은 뒤 입 맞추며 말했다.

"불안해하지 말아요, 여보. 나는 그대만을 바라보며 살 거요."

그는 우직하게 사랑을 고백했다.

"살아 있는 동안 그대만을 바라보고 그대만을 사랑할 테니 마음 놓
으시오."

"하지만 전 불안해요."

"그렇다면 내가 맹세를 하겠소."

"무슨 맹세를 하려고 그러세요? 함부로 맹세했다간 정말 큰일 날 수
도 있어요."

"상관없소. 당신을 위해 맹세하겠소. 신이시여, 내가 만일 다른 여자
에게 한눈팔거나 마음을 준다면 벌을 내려주시옵소서. 내 눈을 멀게 만
들어주시옵소서."

다프니스의 말이 끝나자마자 하늘에서 마른번개가 쳤다. 그의 맹세
를 받아들인다는 뜻이었다.

"자, 이제 됐소?"

에케나이스는 비로소 안심했다.

"고마워요. 당신이 영원한 내 사랑이라는 것을 이제 믿을 수 있을 것
같아요."

둘은 그날 밤 다시 한번 사랑을 확인했다. 그러나 운명은 냉혹한 것

이다. 게다가 함부로 맹세해서는 안 된다는 말은 이 경우에도 맞아떨어졌다. 야속하게도 다음 날 바로 비극적인 운명이 시작되었다.

에케나이스에게 다정하게 인사를 건넨 뒤 다프니스는 초원에 있는 소들을 돌보기 위해 새벽같이 길을 나섰다. 웅크린 채 자고 있던 소들은 다프니스가 오자 기다렸다는 듯 일어나 목초지를 향해 걸어갔다. 개한 마리를 풀어 소들을 몰게 하면서 다프니스는 소 떼를 따라갔다. 시간에 맞춰 쉼 없이 일해야 하는 농사와 달리 유목은 시간 여유가 있는 편이다. 알아서 목초지를 찾아가는 소들을 지켜보며 위험한 짐승들에게 피해를 입지 않도록 잘 보호해주기만 하면 시간이 남아도는 것이 목동들의 삶이다.

다프니스는 숲 가장자리 옹달샘 부근에서 앉아 팬플루트를 꺼냈다. 새로 만든 곡을 연습해보기 위해서였다. 다프니스의 팬플루트에서 아름다운 음악이 흘러나왔다. 천상의 소리 같았다. 달콤한 음악 소리는 숲을 가로질러 야트막한 언덕길에 있는 궁전까지 흘러 들어갔다. 창가에 앉아 아무 생각 없이 맑은 하늘을 바라보던 공주의 귀에 아름다운 음악 소리가 들려왔다.

"어, 어디에서 나는 음악 소리지?"

공주는 재빨리 겉옷을 걸치고 성 밖으로 나왔다. 숲으로 다가가자 음악 소리가 좀 더 크게 들렸다.

"아, 조금만 더 가면 될 것 같아."

공주는 음악에 취해 가시덤불에 옷이 찢어지는 것도 모르고 허둥지둥 달려갔다. 팬플루트 연주를 마친 다프니스는 옹달샘에 입을 대고 물을 마셨다. 숨어서 그 모습을 본 공주는 깜짝 놀랐다. 신이라 해도 믿을 것처럼 잘생긴 남자가 거울같이 맑은 샘에 입을 대고 물을 마시고 있는 것 아닌가. 잘생긴 얼굴과 물에 비친 아름다운 그림자가 어우러지자 그가 몇 배는 더 매력적으로 보였다.

"어머, 저렇게 잘생긴 남자가 있었단 말이야?"

그 순간, 숨어 있던 에로스가 다가와 공주의 가슴에 화살을 쏘아버렸다. 물을 마신 다프니스가 고개를 든 순간, 눈앞에 요정보다 더 예쁜 공주가 보였다. 하지만 다프니스는 자신의 맹세를 떠올리며 마음을 가라앉혔다. 그때 공주가 말했다.

"아름다운 분, 그대를 나의 궁전에 초대하겠어요. 아름다운 음악을 다시 듣고 싶군요. 귀하게 대접할 테니 저를 따라오세요."

다프니스는 단호하게 거절했다.

"공주님, 초대해주셔서 감사합니다. 하지만 저에게는 아내가 있습니다. 다른 여인은 쳐다보지도 않겠노라고 아내에게 맹세했답니다. 아내가 집에서 저를 기다리고 있을 겁니다. 죄송하지만, 갈 수 없습니다."

다프니스는 아내에 대한 신의를 지키려 노력했지만, 이미 신들의 장난이 개입된 터였다. 게다가 공주는 평범한 여인이 아니었다. 그녀는 강력한 마녀였다.

"아, 그러시군요. 이 더위에 소들을 돌보고 음악을 연주하느라 얼마나 힘드셨겠어요? 샘에 입을 대고 물을 드시지 말고 제가 가져온 이 잔을 써보세요."

잔으로 물을 뜨는 척하면서 공주는 가지고 다니던 비방의 약초즙을

한 방울 떨어뜨렸다.

"감사합니다. 주시는 물은 맛있게 먹겠습니다."

공주가 내민 잔을 받으려 할 때였다. 숲속의 요정들은 앞다퉈 이를 말렸다. 봄바람처럼 신선한 바람이 불어오며 그의 귀에 속삭였다.

"다프니스, 잔에 있는 물을 버려. 그걸 마시면 안 돼. 마녀의 잔이야. 절대로 마시면 안 돼."

하지만 다프니스에게는 그 모든 소리가 물소리나 바람 소리로만 들렸다. 다프니스는 공주가 건네준 잔을 받아 그 안에 담겨 있는 물을 마셨다. 물은 그 어떤 생명수보다 달콤하고 시원했다.

"아, 너무 시원하군요."

그가 물을 마시는 동안에도 요정들은 계속 말렸다.

"안 돼, 다프니스. 그걸 마시면 모든 것을 잊어버리게 돼. 망각의 물이라고!"

다프니스는 어렴풋한 속삭임을 들었지만 잘못 들은 거라고 생각했다. 물을 마시자 갈증이 순식간에 사라졌다. 동시에 머릿속이 하얗게 지워지기 시작했다. 자신이 누구인지 여기가 어디인지조차 잊어버렸다. 모든 것을 잊어버린 것이다.

"자, 저의 궁전으로 가요."

공주는 다프니스의 손을 잡았다. 부드럽고 아름다운 손을 잡고 다프니스는 홀린 듯이 따라갔다. 궁전으로 들어간 것이다. 한편, 에케나이스는 맛있는 저녁을 준비하고 다프니스를 기다리고 있었다. 그러나 해가 저물어도 남편이 돌아오지 않았다.

"짐승에게 당한 걸까? 무슨 일이지?"

그때였다. 소들이 돌아오는 소리가 들렸다.

"돌아왔군요, 여보."

바깥으로 나가봤지만 다프니스는 보이지 않았다. 소들이 본능에 따라 외양간으로 돌아온 것뿐이었다. 그 뒤에서 개가 온몸이 물에 흠뻑 젖은 채 주인의 행방을 전하려는 듯, 애타게 짖었다. 하지만 에케나이스는 개의 말을 알아들을 수 없었다. 이제나저제나 다프니스가 돌아오기를 기다릴 뿐이었다. 소의 머릿수를 세봤지만 한 마리도 부족함이 없자 에케나이스는 불안해졌다.

"이럴 리 없어. 소가 다 돌아왔는데 왜 안 오시는 거지?"

참다못한 에케나이스는 겉옷을 걸치고 초원으로 나가봤다. 발자국을 따라가던 에케나이스는 숲에 있는 옹달샘에 다다랐다.

"여보, 어디 계세요? 사랑하는 여보, 저예요. 에케나이스예요. 제발 돌아오세요."

숲속을 헤매며 돌아다니던 그녀는 마침내 궁전을 발견했다. 궁전 앞에 밝혀진 횃불 아래 문지기들이 있었다.

"실례합니다. 혹시 제 남편을 못 보셨나요? 그분은 목동이랍니다. 팬플루트를 들고 다니는 잘생긴 남자를 못 보셨나요? 그런 사람이 혹시 여길 지나가거나 이곳에 오지 않았나요?"

문지기들은 서로 눈을 마주 보며 의미심장한 미소를 지었다.

"부인, 그냥 돌아가세요."

"예? 돌아가라니요?"

"당신은 이제 당신의 남편을 만날 수 없습니다."

"무언가 알고 계시나 보군요. 제발 말해주세요."

"말할 수 없습니다."

그들은 에케나이스가 불쌍했지만 아무 말도 할 수 없었다. 하지만 머리칼을 쥐어뜯으며 애통하게 울부짖는 에케나이스를 보자 측은한 마음을 억누를 수 없었다.

"부인, 그만 진정하세요. 그러면 사실을 말해줄 테니 그냥 집으로 돌아가세요."

"제발 말해주세요. 제 머리카락을 잘라서 신이라도 만들어드리겠어요."

"우리 공주님이 당신의 남편을 데리고 왔어요."

"그럴 리 없어요. 제 남편은 저와 평생 함께하겠다고 바로 어젯밤에 맹세했어요."

"그 어떤 맹세도 소용없어요. 우리 공주님은 평범한 사람이 아니거든요. 당신의 남편은 공주님의 마법에 모든 것을 잊었을 거예요. 부인의 존재조차 모를 거예요. 그러니 부인도 그냥 잊으세요."

"믿을 수 없어요. 믿을 수 없다고요."

그때 궁전 문을 열고 시종 하나가 심부름을 하러 나오자, 에케나이스는 그 틈을 타고 미친 듯이 궁 안으로 달려 들어갔다.

"잠깐만요. 들어가면 안 돼요. 잠깐만요."

문지기들이 따라갔지만 잔뜩 흥분한 여인을 따라잡을 순 없었다. 그때 에케나이스의 눈에 다프니스가 편안한 자세로 저 멀리 앉아 있는 게 보였다. 그녀는 한달음에 그곳으로 달려갔다.

"여보, 왜 이곳에 있는 거예요? 어서 집으로 갑시다."

에케나이스를 보자 다프니스는 안개가 걷히듯 기억이 돌아오기 시작했다.

"오, 당신……!"

"여보, 나에게 맹세하셨잖아요. 바로 어제 맹세하셨잖아요."

하지만 이미 때는 늦었다. 다프니스는 모든 것을 잊은 채 궁으로 들어와 몸을 깨끗이 씻고 공주와 한 몸이 되어버린 뒤였다.

"아, 여보! 이럴 수가……. 어째서 나에게 이런 일이……."

다프니스는 자신의 맹세가 떠올랐다.

"아아! 여보! 어떻게 이럴 수 있어요?"

에케나이스는 울부짖으며 땅바닥에 앉아 발버둥쳤다.

"신이시여, 어째서 저에게 이런 모진 운명을 주십니까?"

에케나이스는 하늘을 우러러 절규했다. 순간, 다프니스의 시야가 점점 어두워지기 시작했다. 눈을 깜빡거릴 때마다 시야가 점점 어두워지더니 마침내 아무것도 보이지 않게 되었다.

"아! 신이시여."

다프니스는 맹세한 대로 순식간에 눈이 멀고 말았다. 그것도 모르고 에케나이스는 눈물을 흘리며 궁 밖으로 나가 어디론가 사라져버렸다. 그토록 걱정했던 일이 너무도 빨리 현실이 되어버리자 마음속 그림자가 그녀를 파멸로 이끈 것이다. 그녀가 사라지고 난 뒤 다프니스는 앞을 더듬거리며 간신히 궁을 빠져나왔다. 그가 가지고 있는 것이라고는 품 안의 팬플루트가 전부였다. 달콤한 행복의 절정에서 순식간에 멀어져 이제 그가 의지할 것은 오로지 음악밖에 없었다. 다프니스는 슬픈 곡조를 연주하며 길을 걸었다. 앞을 보지 못하니 더듬거리며 조금씩 나아갔다. 자신이 어디로 향하는지 알 수 없었지만, 그를 안내해주는 사람은 그 누구도 없었다. 캄캄한 어둠 속에서 그는 한 발짝씩 나아갔다.

"아아, 에케나이스, 용서하시오. 사랑하는 에케나이스, 일이 이렇게 되었지만 결코 나의 잘못이 아니라오."

그것은 사실이었다. 그의 잘못이 아니었다. 다프니스에게 잘못이 있다면 그가 너무나 아름다운 데다 너무나 뛰어난 재능을 갖고 있다는 것이었다.

"에케나이스, 도대체 어디에…… 아아악!"

더듬거리며 걸어가던 다프니스는 까마득한 절벽 아래로 떨어져 그 자리에서 고통스러운 삶을 마감했다. 시켈리아의 가슴 아픈 전설은 이렇게 완성되었다. 헤르메스는 가엾게 죽은 그의 영혼을 거둬 올림포스로 데려가 넥타르를 먹여 신으로 만들어주었다. 오늘날에도 시켈리아의 그 샘물에 가면 다프니스의 슬픈 팬플루트 소리가 들린다고 한다.

한편, 장난기 많은 유쾌한 신 헤르메스는 아들을 잃는 슬픔을 겪으면서 점차 점잖아졌다.

13

데메테르의 인간 사랑

예나 지금이나 인간의 가장 큰 문제는 먹고사는 것이다. 먹고사는 것이 해결되지 않으면 그 밖의 모든 것은 아무런 의미가 없기 때문이다. 먹고살기 가장 고달파지는 때가 언제인가? 바로 전쟁이 끝난 뒤다. 전쟁으로 인간이 인간을 죽이거나 신이 신들을 죽이면서 산천초목이 황폐해지면 삶은 피폐해질 수밖에 없다.

이 세상이 생긴 이래 가장 치열했던 전쟁은 바로 올림포스를 공격하는 티탄에게 맞서 제우스가 일으킨 전쟁이다. 그 결과, 거대한 티탄들은 패배하고, 제우스와 올림포스의 신들이 세상을 차지했다. 제우스와 그에게 동조하는 신들이 올림포스를 차지하고 황금 궁전을 만들 때 인간들은 고통을 겪고 있었다. 신들이 전쟁을 일으켜 온 세상이 파헤쳐지고 더럽혀지고 황폐해졌다. 세상에는 곡식 낟알 하나 거둘 땅이 남지 않았다. 간신히 살아남아 이리저리 피해 있던 힘없는 인간들은 무리 지어 다니며 토굴에서 생활했다. 그들은 신들에게 빌었다.

"신이시여, 제발 도와주옵소서. 먹고살 수 있게 해주옵소서."

이들의 목소리를 제우스가 못 들을 리 없었다. 그동안 전쟁을 하느라 관심을 쏟을 수 없었지만 평화가 찾아오자 그는 결단을 내렸다. 제우스는 데메테르를 불렀다.

"아름다운 데메테르, 그대에게 이 세상의 풍요와 생명력을 맡기겠소."

제우스가 과업을 준다는 건 영광된 일이었다. 그의 입에서 한번 내뱉은 말은 절대로 되돌릴 수 없는 것이었기 때문이다.

"네, 기꺼이 따르겠습니다."

그리하여 데메테르는 들판과 숲, 대지의 모든 생명력을 관장하는 신이 되었다. 대지에서 먹을 수 있는 무언가를 만들어낸다는 것은 곧 꽃이 활짝 피고 열매를 많이 맺게 하는 일이다. 데메테르는 대지와 자연을 사랑하는 여신이었다. 무엇보다 사람들을 좋아했다. 데메테르는 자신에게 주어진 임무를 충실히 해내기 위해 최선을 다했다.

'인간들을 행복하게 해주겠어. 황폐한 대지를 살아나게 만들려면 열심히 일해야겠네.'

데메테르가 지나가면 황폐한 들판에 온통 생기가 돌며 풀들이 금방 자랐고, 그 풀을 뜯어 먹기 위해 초식동물들이 몰려왔다. 양이나 염소 같은 초식동물들이 풀을 뜯어 먹고 살이 찌면 초식동물을 잡아먹는 인간과 육식동물들이 몰려왔다. 나무에는 가지가 휠 정도로 열매들이 맺혔다. 나무 열매나 곡식을 따 모으면서 사람들의 생활은 안정돼갔다. 인구도 늘어나고 모두들 조금씩 살림살이가 나아졌다.

이 무렵, 인간들은 짐승과 다를 바 없었다. 동굴 속에서 살면서 소나 말 등을 사냥하고 열매나 곡식을 채취할 뿐, 경작하는 방법은 몰랐다.

'아, 인간들은 왜 저러는 걸까? 내가 저들을 위해서 들판에 풍요로움을 선사했건만 어떻게 이용해야 하는지 전혀 모르는구나.'

그때 데메테르는 농사법을 생각해냈다. 그저 자연에서 나오는 것을 채취하는 것만으로는 먹고살기 힘들었기 때문이다. 데메테르는 인간들에게 농사를 가르치기 위해 자신이 직접 시범을 보여야겠다고 생각했다. 멀리 내다보는 예지력을 가진 신이었기에 농사를 지으면 인간들이 얼마나 풍요롭게 살 수 있을지 생생히 그려졌다. 농토가 생기면 떠돌지 않고 한곳에 머물며 집을 짓고 마을을 이뤄 살게 될 것이다. 더 나아가 그 집에서 가축을 기르고 뜰을 가꾸며 가족들과 평화롭게 살아갈 수 있을 것이다. 시간 여유가 생기면 음악과 춤을 즐기게 되고, 그로 인해 문화가 발달할 것이다. 그리고 멋진 도시가 생겨날 것이다. 이렇게 생활이 안정되면 더 이상 싸울 필요 없이 각자 맡은 일에 최선을 다하며 잘 살 수 있게 될 것이다.

'그렇게 되려면 먼저 인간들을 가르쳐야 돼. 농사짓는 것을 보면 금방 따라 할 거야. 내가 먼저 시범을 보여야겠어.'

데메테르는 인간의 모습을 하고 수렵에 나선 사람들 앞에 나타났다. 그녀는 평범한 여인의 모습으로 마을 사람들 사이에 섞여 살았다. 혼자

사는 여인에게 사람들의 눈길이 쏠리기도 했지만, 그녀가 내뿜는 아우라로 인해 아무도 감히 얕잡아보지 못했다. 그런데 사람들이 보기에 여인이 이상한 행동을 했다. 아침에 해가 뜨면 황무지로 가서 풀을 뽑고 괭이로 땅을 갈아엎었다.

"저 여자는 왜 땅을 파는 거지?"

"그러게. 땅속에 금이라도 묻혀 있나?"

사람들은 데메테르의 행동을 이상하게 여겼다. 데메테르는 그 시선에 아랑곳하지 않고 말했다.

"이곳에서 금보다 더 귀한 것이 나올 거예요. 두고 보세요."

마을 사람들은 시간이 나면 데메테르가 일하는 곳으로 몰려와서 구경을 했다. 어느새 그녀는 넓은 땅을 일구고 그곳에 씨앗을 뿌렸다. 씨앗을 뿌린 뒤에는 물을 주고 다독이며 가축들의 분뇨를 사이사이에 묻었다.

"이 씨앗들이 10배 100배로 불어나 여러분들에게 이로움을 줄 겁니다. 이렇게 여러분이 좋아하는 곡식을 땅에 심으면 더 이상 이걸 찾아다닐 필요가 없어요. 옥수수, 밀, 조, 보리, 쌀 등 심기만 하면 얼마든지 나온답니다."

그 말을 들은 사람들은 하나같이 비웃었다.

"하하하! 곡식이 나올 거라고요? 이보시오! 곡식은 신이 주신 선물이오. 산과 들을 돌아다니다가 그 선물을 먼저 찾아내 자기 것으로 만드는 자가 임자가 되는 거지. 어찌 감히 신의 뜻을 거스르고 멋대로 곡물을 심는단 말이오?"

그들은 어리석어서 알지 못했다. 데메테르가 바로 그들이 들먹이는 신이라는 사실을. 하지만 데메테르는 아랑곳하지 않았다. 눈앞에서 결과가 나온다면 어리석은 인간들도 깨달을 게 분명했기 때문이다.

이윽고 농작물의 싹이 텄다. 그러자 더 많은 사람들이 몰려와서 구경했다. 여인이 말한 대로 싹들은 빠른 속도로 자라났다. 땅에 올라온 밀은 순식간에 온 대지를 덮을 만큼 푸르게 자랐고, 곧 이삭이 팼다. 그 이삭을 수확해 절구에 빻자 뽀얀 밀의 속살이 드러났다. 데메테르 혼자 농사지은 양이 수백 명을 먹이고도 남을 정도에 이르렀다. 이를 본 사람들은 모두 놀라 자빠질 지경이었다.

"정말 엄청나군. 우리가 하루 종일 돌아다녀도 얻을 수 없는 양이야."

"맞아. 저 여인이 한 일이라고는 하루에 한두 번 나와서 땅을 파고 씨를 뿌린 것밖에 없잖아."

"우리도 당장 해보자."

사람들은 데메테르의 밭에서 나온 밀 등 각종 곡식의 종자를 얻어 각자 땅을 일구고 농사를 짓기 시작했다. 농사를 지으면 자신들의 삶이 더 풍요로워질 수 있다는 것을 깨달은 것이다.

인간은 시기와 질투, 그리고 욕심의 동물이다. 얼마만큼의 곡물이 필요한지 생각해보지도 않고 무작정 넓은 땅을 차지해 욕심껏 씨앗을 뿌리고 가꾸려는 자도 있었다. 시험 삼아 적은 면적의 땅을 일구는 자도 있었다. 결과는 모두 대만족이었다. 그 뒤로 시간을 의미 없이 흘려보내며 노는 사람이 없어졌다. 모두 기본적으로 농사를 짓기 시작한 것이다. 그 결과, 그들이 얻게 된 수확은 과거 들판을 돌아다니며 따 모으던 것의 수백 배에 이르렀다.

들판에선 옥수수가 자라고 각종 곡물들의 이삭이 고개를 숙였다. 곡물을 수확한 뒤에는 창고를 지어야 했다. 통풍이 잘되는 곳에 잔뜩 쌓아놓으면 추운 겨울도 거뜬히 견딜 수 있고 다음 해 먹고살 걱정을 하지 않아도 됐기 때문에 더 이상 이곳저곳 떠돌며 수렵과 채취로 삶을 영위하는 인간이 없어졌다. 데메테르 여신이 꿈꾼 대로 사람들은 집을 짓고 모여 살면서 노래를 부르거나 춤을 추고 글을 쓰고 문학작품을 만들어내기 시작했다. 뿐만 아니라 아름다운 도시를 건설하고, 여기저기 조각상들을 세웠으며, 도시의 높은 지대에 신전을 지었다. 인간들의 삶은 계속 풍요로울 것만 같았다.

하지만 그것은 어디까지나 바람일 뿐이었다. 인간들이 평화롭게 서로 먹을 것을 나누며 살아가는 것을 못마땅한 시선으로 바라보는 존재가 있었다. 바로 전쟁의 신 아레스였다.

'도대체 인간들이 왜 싸우지 않는 거지? 어서 싸워야 내가 존재할 의미가 있는데……. 그래야 내 역할이 완수되는 것 아니겠어?'

아레스는 끊임없이 분란을 일으키는 전쟁의 신이다. 그런데 사람들이 전쟁을 기피하고 서로 사이좋게 지내자 어떻게든 전쟁을 일으킬 궁리만 했다. 그 모습을 본 데메테르는 기회만 있으면 아레스를 막아섰다.

"어디 가십니까? 그러지 마세요. 사람들 사이에서 전쟁을 일으키려는 거지요?"

그럴 때마다 아레스는 당황해서 멈춰 섰다. 혼자 힘으로 어려우면 데메테르는 평화의 여신 에이레네의 힘을 빌렸다. 에이레네까지 가세해서 그를 지켜보면 아레스는 꼼짝도 하지 못했다. 덕분에 인간들은 전쟁을 벌이지 않고 자신들끼리 행복하게 살 수 있었다. 그렇게 시간이 흐르면서 인간들은 찬란하게 빛나는 문명을 일궈냈다. 곳곳에 도시가 생기고 교역이 일어났다. 자신들의 도시에서 모자란 물건이 있으면 다른 나라로 가서 바꿔 왔다.

간혹 두 여신이 아레스 하나를 지키지 못하는 경우도 있었다. 그럴 때면 아레스는 몰래 빠져나가 전쟁을 일으켰다. 어느 날, 올림포스산에서 휴식을 취하던 데메테르는 인간 세상에서 연기가 치솟는 것을 봤다. 전쟁이 나서 도시 하나가 파괴되고 있었다.

'아, 내가 애써 일구어놓은 문명이 이렇게 파괴되다니. 아레스는 정말 너무하구나.'

이런 모습을 볼 때마다 데메테르는 자신이 하는 일에 짙은 회의를 느꼈다. 기껏 농사를 가르쳐서 인간들이 사이좋게 지내게 되면 무엇 하겠는가. 전쟁이 벌어지면 모든 게 없어지고 바로 파멸이 오는데. 이렇게 허무함을 느낄 때면 데메테르는 우울한 표정을 지었다. 풍요의 여신 데메테르가 우울해할 때면 다른 신들이 위로를 해주었다.

데메테르에게는 아름다운 딸이 하나 있었다. 그녀의 이름은 페르세포네였다. 이 여신의 유일한 행복이자 기쁨이 바로 페르세포네였다. 데메테르는 딸을 너무도 사랑해서 늘 곁에 두었다. 그러던 어느 날, 멀리서 딸의 비명 소리가 들려왔다. 불길한 예감이 온몸을 사로잡았다. 데메테르는 벌떡 일어나 딸을 찾아 나섰다.

'우리 애한테 무슨 일이 생긴 게 분명해!'

아니나 다를까, 불길한 예감은 항상 들어맞는 법이다. 바람결에 페르세포네가 외치는 소리가 들려왔다.

"도와주세요, 어머니. 저는 납치되고 있어요."

땅 위에 살고 있던 딸의 비명 소리가 멀고 먼 올림포스까지 들려온 것이다. 에코에 의해 계속 울려 퍼지는 딸의 비명 소리에 데메테르는 견딜 수 없었다. 사랑하는 외동딸이 누군가에게 납치되고 있다는 외침에 데메테르는 정신을 차릴 수 없었다. 대지로 내려온 여신은 사방을 헤매기 시작했다. 바다 위를 날아가기도 하고 산맥을 넘기도 하고 사막을 건너기도 했다.

"페르세포네! 어디 있니?"

데메테르는 끊임없이 딸의 이름을 부르며 온 대지를 휩쓸고 다녔다. 그런데 어느 곳에서도 페르세포네를 찾을 수 없었다.

"흑흑! 사랑하는 내 딸아, 어디 있단 말이냐?"

찾을 만한 곳은 다 찾아본 끝에 여신의 발걸음은 리사의 계곡에 도달했다. 평화로운 계곡에는 아름다운 꽃들이 만발해 있었다. 여신은 꽃들이 있는 곳에 깃들어 있는 요정들을 만났다. 그 요정들은 오케아니데스였다. 페르세포네와 친하게 지내던 이 요정들은 데메테르 여신을 보자 반갑게 달려왔다.

"너희들에게 물어볼 말이 있다. 우리 딸을 보지 못했느냐? 페르세포네가 어딘가로 잡혀간 것 같구나."

"저희들은 못 봤어요."

"이를 어쩌면 좋으냐. 누가 내 하나밖에 없는 딸을 데려갔단 말이냐?"

"여신님, 저희들이 들은 목소리가 페르세포네의 목소리였나 봅니다. 저희들은 그게 페르세포네의 비명인 줄 몰랐습니다. 우리와 함께 꽃을 꺾으며 놀다가 저희들이 잠깐 다른 곳으로 간 사이에 바구니만 놓고 사라졌거든요. 저희들은 잠깐 숲속에 갔나 보다 생각했는데……. 여신님이 오시기 전까지는 아무 생각도 없었답니다."

"오, 내 딸아. 흑흑!"

여신은 울면서 발걸음을 재촉했다. 하지만 이 세상 어디에서도 딸의 흔적을 찾을 수 없었다. 페르세포네를 봤다는 이가 아무도 없었다. 모든 요정들, 모든 신들에게 물어봐도 딸의 행방은 묘연했다. 데메테르는 미쳐버릴 것만 같았다. 그렇게 9일 동안 온 세상을 돌아다녔지만 딸의 소식을 듣지 못했다. 10일째 되는 날 저녁이었다. 달이 떠오르자 주술의 여신 헤카테가 데메테르 앞에 나타났다.

"데메테르, 저예요."

"어쩐 일이세요? 저는 페르세포네를 찾고 있답니다. 어디에서도 딸 아이를 볼 수 없어요."

"그대에게 도움을 주려고 합니다. 당신의 딸이 어디에 있는지 다들 모르겠다고 하지요? 이 세상 모든 것을 내려다보는 태양의 신 헬리오스에게 가보면 어떨까요? 그분은 분명히 당신의 딸이 어디로 갔는지 봤을 겁니다."

"그렇겠네요."

"저랑 같이 가시지요."

두 여신은 황금빛으로 빛나는 태양 신의 궁전으로 갔다. 찬란한 빛에 눈이 멀까 두려워 두 눈을 꼭 감은 채 앞으로 나아갔다.

"위대한 태양의 신이시여, 도와주십시오."

데메테르가 울면서 다가오는 것을 보고 헬리오스는 모든 것을 알아차렸다.

"당신 딸을 찾고 있군요."

"그렇습니다. 비명 소리만 남기고 사라졌어요."

"진심으로 위로 드립니다. 도움이 될지 모르겠으나 따님에게 일어난 일은 우리들의 아버지 제우스의 뜻이에요. 제우스의 뜻에 따라 따님이 사라진 겁니다."

"도대체 어디로 사라진 건가요?"

"땅 위에선 찾을 수 없을 겁니다."

"그게 무슨 말씀이신가요?"

"따님은 저승의 왕인 하데스와 결혼하도록 맺어졌습니다."

"그럼 우리 딸이 지금 저승에 있단 말입니까? 저 깊은 저승에?"

"맞습니다. 내가 봤어요. 하계로 들어갔기 때문에 비명 소리만 들렸을 뿐, 그 모습을 찾을 수 없었던 겁니다. 빠져나올 길도 없지요."

그 말을 들자 데메테르는 금방이라도 쓰러질 것처럼 비틀거렸다. 헬리오스의 이야기는 계속됐다.

"당신의 딸이 오케아니데스와 꽃놀이를 하고 있는 것을 봤습니다. 아름다운 곳에서 행복한 모습으로 춤추며 즐겁게 노래를 부르고 있었지요. 그때 제우스에게 허락을 받은 하데스가 땅의 갈라진 틈새에 숨어 있다가 그녀를 낚아챘습니다."

"이런……. 제발 그만하세요! 그만하세요!"

페르세포네는 꽃향기에 취해 자기 근처까지 다가온 위험을 눈치채지 못했다. 꽃향기에 취한 아가씨를 낚아채는 것은 하데스에게 전혀 어려운 일이 아니었다. 꽃과 견주어도 뒤지지 않을 만큼 아름다운 페르세포네의 모습을 지켜보던 하데스는 참지 못하고 채찍으로 땅을 가른 뒤 뛰어 올라왔다. 한달음에 페르세포네를 납치한 그는 저승의 말들이 끄는 황금 마차에 올라타 순식간에 땅속으로 들어갔다. 그때 페르세포네가 한 마디 외친 소리가 데메테르에게 들렸던 것이다.

자초지종을 들은 데메테르는 서 있을 기력도 남지 않을 정도로 슬피 울었다. 다시는 딸을 볼 수 없을 거라는 충격에 그녀는 몸을 가눌 수 없었다. 지상 어디엔가 있다면 만날 수 있을 텐데, 땅속으로 들어갔으니 영영 볼 수 없게 된 것이다. 헬리오스는 딸을 잃은 어머니의 마음을 가엾게 여겼다.

"위로가 될지 모르겠습니다만 따님과 결혼하게 된 하데스는 결코 나쁜 신이 아닙니다. 그 역시 제우스에 버금가는 위대한 신이지요. 죽은 자들이 산 자들보다 많기에 그가 다스리는 지하 왕국은 끝없이 광활한 곳이에요. 지하의 황금 궁전에서 그곳의 망령들은 하나같이 따님을 칭송할 겁니다. 게다가 사윗감을 생각해보세요."

"저승의 신이 무슨 사윗감입니까?"

"그분은 제우스의 형님이시고 당신에게는 오빠가 되지 않습니까? 게다가 세계의 한 부분인 저승을 차지하고 있으니, 따님은 정말 시집을 잘 간 것일 수도 있지요."

하지만 그 어떤 말도 위안이 되지 않았다.

"내가 딸을 잃은 것은 분명한 사실이군요. 알겠어요. 하지만 제우스의 뜻은 너무나도 가혹합니다."

여신은 눈물을 흘리며 올림포스로 돌아갔다. 늘 그녀에게서 뿜어져 나오던 따뜻한 빛이 아니라 차갑고 냉랭한 기운을 뿌리며 돌아간 것이다. 슬픔에 빠진 여신이 지나가자 땅은 잿빛으로 변하기 시작했다. 곡식으로 풍성하던 들판은 더 이상 아무것도 자라지 않는 황폐한 땅으로 변해버렸다. 온통 낙엽과 먼지가 휘날렸다. 찬바람마저 불어왔다.

"앗, 너무 추워! 어서 숨자."

인간들은 황급히 동굴 속으로 몸을 숨겼다. 한번 맛본 풍요는 인간들을 더욱 고통스럽게 했다. 인간들은 동굴 속에 숨은 채 어쩔 줄 몰라 했다. 창고에 모아놨던 곡식은 금방 바닥났다. 결국 인간들은 하나둘 죽어가기 시작했다. 수많은 인간과 짐승이 얼어 죽거나 굶주려 죽었다. 동굴 속의 인간들은 입을 모아 외쳤다.

"신이시여, 왜 우리를 버리십니까?"

"도대체 왜 봄이 오지 않는 겁니까?"

"신이시여, 우리를 멸하시려는 겁니까?"

이렇듯 원성이 자자했지만, 슬픔에 빠진 데메테르에게는 그 어떤 소리도 들리지 않았다.

14

데메테르의 방황

딸을 잃은 데메테르의 분노는 서서히 제우스에게로 향했다.

'내 딸을 하데스에게 주려고 마음먹었으면 내 허락을 받았어야 하는 것 아냐? 어떻게 나를 이렇게 무시할 수 있담?'

여신은 화가 치밀었다. 그녀는 계속 울부짖으며 미친 여자처럼 이곳 저곳 떠돌아다녔다. 그렇게 떠돌다가 머문 곳마다 여신의 흔적이 남았는데, 엘레우시스도 그중 하나다. 데메테르가 그곳에 있는 우물에서 물을 마시고 바위에 앉아 쉬어서 그 바위는 '통곡의 바위', 우물은 '처녀의 우물'이라 불리게 되었다.

물을 뜨러 나온 처녀들은 웬 낯선 여인이 앉아서 흐느끼고 있는 것을 보고는 물었다.

"어디서 오신 누구세요? 왜 그렇게 슬퍼하십니까?"

처녀들은 검은 옷을 입은 채 울고 있는 여인이 불쌍해서 물어보았다. 데메테르는 자신이 여신이라고 밝힐 수 없었다. 인간들 앞에서 이런 모습을 보이다니 괜히 자존심이 상했기 때문이다.

"저는 해적들에게 납치된 크레테 사람이에요. 도망쳐서 이곳까지 왔답니다."

"이름이 뭐예요?"

"마지오예요. 여기는 도대체 어딘가요?"

"여기는 엘레우시스라는 도시예요."

"아, 그렇군요."

"저희 아버지는 켈레오스 왕이시랍니다."

"아, 공주님들이셨군요."

"안 그래도 사람이 필요했는데, 저희와 함께 궁전으로 가시지 않겠어요? 이렇게 떠돌아다니실 분이 아니신 것 같아요."

"감사합니다. 따라가겠습니다."

"잘됐어요. 제 동생을 돌봐줄 유모를 찾고 있었거든요."

공주들은 데메테르를 궁전으로 데려갔다.

"우리 동생을 돌봐줄 분을 모시고 왔어요."

"그래? 듣던 중 반가운 소리로구나."

메타네이라 왕비는 직물을 짜다가 벌떡 일어났다. 누구를 데려왔나 보려고 고개를 돌리던 그녀는 깜짝 놀랐다. 그녀는 그곳에 서 있는 여인이 평범한 사람이 아니라는 것을 본능적으로 알아차렸다. 아우라가 뿜어져 나와 여인의 주변이 은은하게 빛나는 듯했다. 깜짝 놀란 메타네이라는 자신도 모르게 경건한 자세를 취했다.

"이곳에 앉으세요. 누추한 성에 와주셔서 감사합니다. 당신은 분명 고귀한 분이신 것 같군요."

하지만 데메테르는 왕비가 권하는 의자에 앉지 않았다.

"아닙니다. 미천한 신분입니다. 왕비님의 의자 말고 다른 의자를 가져다주시면 앉겠습니다."

그러자 왕비는 시녀 이안베를 불렀다.

"빨리 가서 의자를 가져오거라."

시녀가 의자를 가져와 왕비 아래 자리에 놓자 데메테르는 만족스러운 얼굴로 의자에 앉았다. 시녀 이안베는 활기찬 여자였다.

"어머, 새로 오신 분은 왜 그렇게 우울해하세요? 설마 의자가 무너질까 봐 걱정하세요? 그거 절대로 안 무너진답니다."

가벼운 농담에 데메테르는 피식 웃었다.

"아, 웃었다. 웃었어. 호호호. 웃을 줄도 아시네요."

데메테르는 오랜만에 미소를 지었다. 밝고 명랑한 이안베 덕분이었다. 궁전의 분위기는 이렇듯 따뜻하고 활발했다. 페르세포네를 잃어버린 뒤 이렇게 따뜻한 분위기는 정말 오랜만에 겪어보는 데메테르였다. 메타네이라는 갓난아기 데모폰을 데리고 왔다.

"잘생긴 아기지요. 이 귀여운 장난꾸러기를 돌봐주시겠어요?"

데메테르가 말했다.

"알겠습니다. 제가 이 아이를 사랑으로 잘 기르겠습니다."

"감사합니다."

딸을 잃고 허무해하던 데메테르는 귀여운 아기를 품에 안자 모든 시름이 사라지는 것 같았다. 데메테르는 자신에게 친절한 공주들과 왕비에게 보답할 방법을 생각해봤다.

'그래, 이 귀여운 아기를 불사의 인간으로 만들자. 내가 해줄 수 있는 건 그것밖에 없어.'

아기를 품에 안은 데메테르는 신령한 기운을 불어넣었다. 바로 죽지 않는 불멸의 기운이었다. 그리고 신들의 음식인 암브로시아를 꺼내 먹여주었다. 마지막 남은 단계는 난롯불에 넣어서 구운 뒤 꺼내는 것이었다. 그렇게 하면 영원히 죽지 않는 불사의 몸이 될 수 있었다.

'이 아이를 영웅으로 만들면 나에게 친절하게 대해준 사람들에 대한 보답이 될 거야.'

깊은 밤, 데메테르는 불이 타오르는 벽난로에 아기를 집어넣었다. 아기에게 불이 붙은 뒤 그 불을 신의 기운으로 꺼주면 어떠한 고난이나 위험도 이겨내는 불멸의 존재가 될 수 있을 터였다. 활활 타오르는 불속에 아기를 집어넣었지만 아기는 방긋방긋 웃었다. 그때 비단을 찢는 것 같은 날카로운 비명 소리가 났다.

"아악! 이게 대체 무슨 짓이냐?"

우연히 방에 들어온 왕비가 그 광경을 보고 비명을 지른 것이다. 깜짝 놀란 여신은 아직 몸이 불길에 완전히 익지 않았는데, 왕자를 꺼냈다. 그러고는 아무 일 없다는 듯 왕비에게 건네주었다.

"왜 나의 아들을 죽이려고 한 것이냐? 대체 너는 누구길래 내 아기를 불에다가 집어넣는 것이냐?"

반쯤 정신이 나가 잔뜩 흥분한 채 왕비가 아기를 꼭 끌어안고 외치자 데메테르는 근엄한 목소리로 말했다.

"네 아기에겐 아무 문제가 없다. 잘 살펴봐라."

황급히 아기의 몸 이곳저곳을 만지며 살펴봤지만 화상 한 군데 입은 곳이 없었다.

"이제부턴 네가 길러라. 이 아기를 영원히 죽지 않는 몸으로 만들어 주려고 했는데, 일이 이렇게 되었구나."

왕비는 그녀가 신이라는 것을 바로 알아차렸다. 왕비는 곧장 예를 갖추고 물었다.

"어찌하여 저희에게 그런 배려를 해주려 하셨습니까?"

"너희들이 나에게 친절을 베풀어주었기 때문이다."

그 순간, 여신은 자신의 본모습을 드러냈다. 황금빛을 내뿜는 여신의 모습에 궁전은 온통 환해졌다. 소식을 듣고 달려온 켈레오스 왕도 무릎을 꿇었다.

"여신이시여, 부족한 저희 인간들이 몰라뵀습니다."

"너희들과의 인연은 여기까지다. 하나만 이야기하마. 엘레우시스 칼리루호 부근에 신전을 지어라."

샘물 옆에 있는 호수 부근에 자신의 신전을 지어달라는 거였다. 데메테르가 이곳에 와서 처음 친절을 경험하고 샘물을 마신 바로 그곳이었다.

"내가 그곳에 머물겠다."

"분부대로 거행하겠습니다. 우리와 이곳에 머물러주십시오."

왕과 왕비는 여신에게 감사를 드렸다.

이렇게 여러 가지 일이 일어나는 동안에도 인간들의 세상은 나아지지 않았다. 대지는 온통 황폐해지고 모든 살아 있는 것들은 언제 죽을지 모를 지경에 처했다. 제우스 역시 이런 상황을 알고 있었다. 상황이 이런데도 자신의 임무를 소홀히 하는 여신을 어떻게 해야 할지 제우스는 고민이었다.

"이를 어떡하면 좋겠는가?"

여러 신들에게 물어보았다.

"제우스 신께서 페르세포네가 지하 세계로 가도록 했기 때문에 이런 일이 벌어진 겁니다. 하지만 그것을 번복할 수도 없지요."

"맞다. 한번 내뱉은 말을 바꿀 순 없지. 인간이건 신이건 자신의 약속에서 자유로울 순 없는 법이야."

"하지만 절충은 가능할 것 같습니다."

"절충이라니 무슨 뜻인가?"

"1년 중 반은 어머니인 데메테르 곁에서, 반은 저승에서 지내게 하는 게 어떻겠습니까?"

신들이 여기저기서 아이디어를 내놓았다.

"그게 좋겠다. 그렇게 시행하라."

바로 황폐했던 들판이 갈라지며 그곳에서 페르세포네가 치솟아 올라왔다.

"어머니, 제가 돌아왔어요."

신전에 머물고 있던 데메테르는 딸이 돌아오자 너무나 기뻐했다.

"사랑하는 내 딸아! 너 때문에 내 가슴이 얼마나 아팠는지 아느냐?"

딸을 끌어안은 데메테르 여신이 환하게 웃음 짓자 온 대지가 생기를 띠기 시작했다. 푸릇푸릇 새싹들이 트고 쑥쑥 자라더니 금세 풍성한 열매를 맺었다. 페르세포네가 지상으로 돌아온 이 시기를 사람들은 봄이라고 불렀다. 페르세포네가 지상에 머무는 6개월 동안 산과 들은 풍요롭고 싱그러워졌다. 동굴 속에 있던 사람들은 나와서 부지런히 땅을 경작하고 농사를 지으며 풍요의 노래를 불렀다. 그러다가 6개월이 지나 낙엽들이 지기 시작하면 페르세포네는 저승으로 돌아가야만 했다. 겨울이 오는 것이다. 그러면 나뭇잎이 떨어지고 찬 바람이 불고 모든 것이 우울해졌다. 딸을 다시 지하 세계로 보낸 데메테르의 슬픔이 반영된 것이다. 이때부터 매년 같은 일이 변함없이 반복되었다.★

데메테르는 생각했다.

'그래. 우리 딸을 항상 볼 수는 없지만 이렇게 1년의 반 정도 보게 된 것만 해도 어디야.'

여신은 그동안 무심했던 자신의 태도를 보상하려는 듯 사람들을 편안하게 해주려고 노력했다. 농사법을 더 자세히 가르쳐주고 더 풍요로운 선물을 안겨주었다. 그러나 모든 사람들이 데메테르의 가르침을 받아들인 것은 아니었다. 대표적인 곳이 스키티아였다.

'스키티아까지 행복하게 만들려면 어떻게 해야 할까? 내가 아무리 가르침을 줘도 듣지 않으니 다른 방법을 생각해야겠다. 그들은 용맹하기로 유명하니 영웅을 한 사람 보내자. 그를 존경하게 만드는 거야. 존경하는 영웅이 농사법을 가르치면 기꺼이 따르겠지.'

하지만 호전적인 민족이 사는 낯선 땅에 갈 만한 영웅을 쉽게 찾을 수 없었다. 그때 데메테르에게 켈레오스 가의 맏아들 트리프톨레모스가 떠올랐다.

"트리프톨레모스, 그대에게 내가 임무를 주겠다."

"말씀만 하십시오. 여신님이 명하는 모든 일을 행하겠습니다."

그녀는 스키티아로 가서 농사법을 가르치라고 명령했다.

"저보고 그토록 험한 곳에 가라는 말씀이십니까?"

"걱정하지 마라. 사악한 자들이 너를 괴롭히지 못하도록 용 두 마리가 끄는 수레를 주겠다. 그 용들에게는 날개까지 달려 있어 훨훨 날 수도 있다."

신의 선물을 받은 트리프톨레모스는 기뻐하며 수레에 올랐다. 그는 헤라클레스가 그랬던 것처럼, 페르세우스나 테세우스가 그랬던

여기서 잠깐!!

데메테르가 납치된 딸을 돌려달라고 호소하자 제우스는 페르세포네가 지하 세계에서 아무것도 먹지 않았으면 지상으로 데리고 올 수 있게 해주겠다고 약속했어. 하계의 음식을 입에 댄 자는 지상으로 올라올 수 없다는 법칙이 있었거든. 이에 하데스는 꾀를 부렸어. 슬피 울며 아무것도 입에 대지 않는 페르세포네를 달래서 석류알 하나를 먹게 한 거야. 제우스가 명을 내렸지만 지상으로 완전히 돌려보내지 않을 빌미를 만든 거지. 페르세포네는 석류알 하나를 입에 넣고 과즙만 먹고는 씨앗을 뱉었어. 씨앗이 겨울 동안 땅속에 묻혀 있어야만 새봄에 싹을 틔울 수 있다는 것을 상징적으로 보여주는 것 같지? 성장하거나 다시 태어나려면 고난의 시기를 겪어야 하는 것은 삶의 이치인 것 같아.

것처럼 수많은 적들을 물리치고 제압하며 스키티아 사람들에게 농사짓는 법을 가르쳐주었다. 그 결과, 스키티아에서도 사람들이 농사를 지으며 선량하고 순한 삶을 살게 되었다.

그러나 그 땅을 다스리던 왕 린코스는 그 모든 것이 마음에 들지 않았다. 온 나라가 평화로워지고 풍요롭게 살게 되었지만 불만이 가득했다.

'트리프톨레모스 저자가 나중에 내 자리를 위협하면 어떻게 하지? 모든 사람들의 신망을 받고 있잖아. 사람들의 마음을 되돌려야겠다.'

어리석은 왕은 자신이 농사법을 가르치겠노라고 떠들고 다녔다.

"트리프톨레모스는 아무것도 모른다. 농사를 가르치라고 내가 명령을 내려서 따른 것일 뿐이다. 농사법은 내가 더 잘 안다. 트리프톨레모스는 그저 나의 말을 전달했을 뿐이다."

나쁜 소문을 퍼뜨렸지만 사람들은 여전히 트리프톨레모스를 영웅으로 떠받들고 신뢰했다. 악에 받친 왕은 트리프톨레모스를 없애버리고 싶었다. 하지만 수많은 적들을 물리치고 영웅의 칭호를 얻은 트리프톨레모스를 무너뜨리기는 쉽지 않았다. 몇 번이나 자객을 보냈지만 실패했다. 그것도 그럴 것이 두 마리 용이 항상 트리프톨레모스를 지켜주고 있었기 때문이다. 무서운 용들의 보호를 뚫고 트리프톨레모스를 없애버리는 것은 사실상 불가능했다. 왕은 그를 유인해서 죽여야겠다고 생각했다.

"여봐라. 잔치를 벌여라. 트리프톨레모스의 수고를 위로해주는 자리를 마련해야겠다."

데메테르의 사신 트리프톨레모스는 왕의 초대를 받고 궁전으로 향했다. 향기로운 술과 맛있는 음식을 차려놓은 자리에 많은 사람들이 모여서 트리프톨레모스에게 감사 인사를 건넸다.

"트리프톨레모스, 그대가 우리를 살렸소. 그대는 하늘이 우리에게 내려주신 선물이오. 다만 감사할 따름이오."

여기저기서 칭찬을 해댔다. 그 덕분에 잘 살게 되었다며 다들 감사를 표했다. 기쁜 마음에 술을 주는 대로 받아먹고 잔뜩 취한 채 트리프톨레모스는 침상에 누워 곯아떨어졌다. 밤이 깊자 린코스는 자신의 계획을 실행하기로 했다.

'이자는 이제 곧 죽을 목숨이다.'

그는 날카로운 칼을 들고 방으로 몰래 들어갔다. 곤히 잠들어 있는 트리프톨레모스의 심장에 칼을 꽂기만 하면 그는 죽을 거였다. 그때였다. 방 한쪽에서 빛이 뿜어져 나오더니 데메테르가 나타났다.

"린코스, 너에게 도움을 준 트리프톨레모스는 내가 보낸 나의 전령이다. 감히 신의 뜻을 거역하다니, 네놈을 용서할 수 없다. 은혜를 베풀었는데 감사하기는커녕 이런 짓을 벌이다니, 네놈은 돼지나 다름없다. 너는 영원히 돼지로 살아라."

그 말이 끝나자마자 린코스는 입이 튀어나오고 온몸에 거친 털이 자라기 시작했다. 돼지로 변한 린코스는 궁전에서 빠져나와 숲으로 도망쳤다. 이 모든 사실을 신에게 전해 들은 트리프톨레모스는 그곳을 떠나 다른 곳에 가서도 계속 사람들에게 농사법을 가르쳐주었다. 신의 전령인 그를 건드리려는 자는 결코 무사하지 못했다. 데메테르 여신이 곧바로 보복했기 때문이다.

15

채워지지 않는 굶주림
에리시크톤

데메테르 여신에게 벌을 받은 어리석은 인간은 또 있다. 테살리아의
왕 에리시크톤이다. 에리시크톤은 흉포한 성정을 가진 자였다. 예나 지
금이나 숲은 소중한 자산이다. 사람들에게 평화를 주고 열매를 주는 고
마운 숲에서 나무를 함부로 베어 넘기거나 없애는 것은 지금도 별로 칭
송받지 못하는 행동이다. 게다가 당시 그리스 사람들은 나무 하나하나
에 요정이 깃들어 있다고 생각했다. 나무에 깃든 요정은 드리아스다. 데
메테르는 드리아스를 무한히 사랑했다. 그래서 나무 한 그루를 베려 할
때도 꼭 예를 갖추거나 제사를 지내야만 했다. 그런데 에리시크톤은 숲
을 함부로 여겼다.

"나무는 베어내면 언제든지 다시 자라는 것 아니냐? 화려한 궁전을 지어야겠다. 나무를 넉넉히 베어 와라. 세상에서 가장 웅장한 궁전을 지을 만큼 충분히 베어 와야 한다."

왕의 명에 가까운 곳에 있는 나무들부터 베어내기 시작했다. 그러다 결국 신성한 숲에 다다랐다. 왕에게는 그곳의 나무들도 벌목 대상으로 보일 뿐이었다.

"저 숲의 나무들은 왜 베지 않는 거냐?"

"저곳은 신이 깃든 신성한 숲입니다. 잘못 건드리면 큰일납니다."★

신하들이 두려워하자 에리시크톤은 화가 치밀었다.

"무슨 개소리냐? 네놈들이 신성하다고 하는 저 참나무부터 베어라."

"안 됩니다. 주변의 숲은 이미 다 망가졌고, 지금 모습으로도 궁전은 충분히 화려하고 멋있습니다. 제발 중단하십시오. 저 신성한 나무까지 베어야 할 필요가 있겠습니까. 게다가 이곳의 나무들은 한 그루 한 그루 드리아스가 깃들어 있습니다. 요정들을 돌보시고 데메테르 여신을 추앙하신다면 이러시면 안 됩니다."

여기서 잠깐!!

신령한 나무에 대한 인간들의 경외심은 동서고금을 통틀어 공통적으로 찾아볼 수 있어. 《삼국지》에도 조조가 자신의 궁전을 짓기 위해 신령한 배나무를 베어버린 이야기가 나와. 나무를 베어 넘긴 뒤 조조는 시름시름 앓다가 죽었다고 해. 이것만 봐도 우리가 알고 있는 신화와 설화는 오래전부터 동서양에 교류가 있었다는 증거가 아닌가 하는 생각이 들어. 아니면 인간 내부에 있는 이야기 본능에 공통된 정서가 존재하는 것인지도 몰라.

이 말을 들은 에리시크톤은 더욱 흥분해서 길길이 날뛰었다.

"그따위 말은 하지도 마라. 다 미신이다. 난 한 번도 본 적 없다. 도대체 드리아스가 무슨 소용이냐? 나는 더 강하고 힘센 신들이 수호해주고 있다. 제우스가 옆에 있더라도 저 나무를 베어서 궁전으로 가지고 가야겠다."

"안 됩니다. 제발 그러지 마십시오."

나이 든 신하가 말려도 소용없었다.

"도끼를 내놔라."

도끼를 빼앗은 에리시크톤은 직접 나무에 도끼질하기 시작했다.

"에잇!"

나무가 찍혀 상처가 나자 그 상처에서 피 같은 액체가 흘러내렸다.

"아이고, 큰일 났구나."

"아이고, 재앙이 일어날 것이다."

이를 본 신하들과 병사들은 모두 꿇어 엎드려 두려워했다.

"제발 그만하십시오. 살려주십시오. 하지 마십시오."

"닥쳐라. 이제 너희들이 저 나무를 베어 넘겨라."

하지만 노예들은 명령을 거부했다. 두려웠기 때문이다.

"감히 내 말을 무시해? 네가 죽고 싶은 모양이구나."

에리시크톤은 도끼로 노예의 목을 쳐버렸다.

"좋다. 너희들이 안 한다면 내가 하겠다."

에리시크톤은 나무를 마구 쳐서 몇 시간 만에 결국 쓰러뜨려버렸다. 그 안에 깃들어 있던 드리아스는 당연히 죽고 말았다.

한편, 데메테르는 멀리서도 드리아스의 죽음을 느낄 수 있었다.

'아, 내가 사랑하는 요정이 죽었구나. 절대로 용서할 수 없다.'

때마침 드리아스의 영혼들이 달려와 데메테르에게 호소했다.

"여신이시여, 못된 왕이 나무들을 모두 베어 넘기며 우리들을 죽이고 있습니다. 저자가 저지른 짓을 보십시오."

"맞습니다. 게다가 그자는 감히 데메테르 여신이 무슨 상관이냐고 했습니다. 나무를 베지 않으려는 노예를 죽인 뒤 계속 나무를 베고 있습니다."

이 말을 들은 데메테르는 결연히 일어섰다.

"이런 탐욕스러운 자를 보았나. 내가 응징하고야 말겠다. 너희들은 내 말을 들어라. 배고픔의 여신 리모스에게 가서 내 뜻을 전해라."

드리아스 하나가 데메테르의 말을 듣고 날아갔다.

"배고픔의 여신이시여, 데메테르 여신께서 배고픔의 여신께 전하라고 하십니다."

리모스와 데메테르는 사이가 좋지 않았다. 리모스는 배고픔의 신인데 데메테르는 풍요의 신이었기 때문이다. 하지만 풍요의 신이 먼저 요청을 해오자 리모스도 관심을 보였다.

"아니, 나에게 무슨 부탁을 한다는 것이냐?"

"에리시크톤의 궁에 배고픔의 기운을 넣어달라십니다."

"그래, 알았다. 배고픔을 모르는 자가 있나 보구나. 자초지종을 말해봐라."

배고픔의 여신 리모스는 얼굴이 하얗고 뼈만 남은 앙상한 몰골이었다. 푸석푸석한 머리카락은 쑥대밭처럼 엉켜 있고 남루한 검은 옷을 입은 데다 볼과 눈은 움푹 패 있었다. 이러한 여신의 모습에 드리아스는 두려웠지만 그동안 있었던 일들을 모두 설명했다.

"그렇다면 내가 도울 수 있겠구나. 당장 가보마."

배고픔의 여신 리모스는 회오리바람을 일으키며 순식간에 에리시크톤의 궁전으로 찾아갔다. 하루 종일 나무를 베느라 피곤했던 에리시크톤은 깊은 잠에 빠져 있었다.

'이자가 감히 여신의 원망을 샀단 말이냐?'

그녀는 침대 위로 날아 올라가 숨결을 내뿜었다. 그것으로 모든 것이 끝났다. 리모스는 자신의 땅으로 돌아갔다. 여신의 숨결을 받자마자 에리시크톤은 꿈을 꾸기 시작했다. 꿈속에 어마어마한 진수성찬이 차려져 있었다.

'아, 이렇게 맛있는 음식이 많다니. 어서 먹어야겠다.'

그는 양손으로 각각 음식을 집어 들고 한 입씩 먹기 시작했다. 그런데 아무리 먹어도 배부른 느낌이 들지 않았다.

'어찌 된 거지? 왜 먹어도 먹어도 배가 고픈 거지?'

눈앞에 보이는 음식을 모두 먹어치웠지만 허기는 그대로였다.

'아, 이렇게 배고플 수가……'

잠자던 그는 몸부림치다 벌떡 일어났다.

"아, 꿈이었구나. 그런데 왜 이리 배가 고프지?"

뱃가죽이 등뼈에 붙을 것만 같았다. 벌떡 일어난 그는 호롱불 하나를 들고 황급히 주방으로 달려갔다.

"모두 일어나라! 모두 일어나! 배가 고프구나. 어서 먹을 것을 가지고 와라."

주방의 일꾼들은 자다 말고 일어났다.

"아이고! 대왕이시여, 어쩐 일이십니까?"

"맛있는 거…… 아니, 먹을 거라면 뭐든 좋다. 어서 빨리 뭐든 다오."

"알겠습니다. 급하신 대로 이거라도 드시고 계십시오."

탁자 위에 장식용으로 올려놓은 과일 바구니를 들이밀자 에리시크톤은 순식간에 그 과일들을 먹어치웠다.

"배고프다. 배고파. 어서 빨리 더 가지고 와라."

창고에 쌓아놓은 빵을 갖다 줬지만 그것도 순식간에 없어졌다. 어떤 음식을 갖다 줘도 그는 단숨에 먹어치웠다. 그러고선 배가 고프다고 계속 소리쳤다.

"왜 먹을수록 더 배가 고픈 것이냐? 너희들이 가져오는 건 왜 이 모양이냐?"

그때부터 난리가 났다. 소와 양들이 도살되어 그에게 전해졌고, 창고의 곡식으로 만든 빵과 떡들이 그의 입으로 들어갔다. 음식이 산더미처럼 만들어졌지만 그는 삼키면 삼킬수록 배가 고팠다. 그의 몸은 끝을 모르는, 거대한 음식들의 지옥 같았다. 갈수록 배고픔이 심해져 그는 마침내 자신의 물건을 모두 내다 팔아 음식을 사 오게 했다. 노예도 팔고 자신의 옷과 궁전까지 다 팔아치웠다. 그러나 그의 배고픔은 계속됐다. 그러는 사이 사람들은 하나둘 떠나갔다. 그는 끊임없이 배고프다고 소리치며 사방 좌우를 살폈다. 누군가 먹을 것을 구해 오면 곧바로 입에 넣었다. 마침내 그의 주변에는 아무도 남지 않았다. 남은 것이라고는 외동딸 메스트라 하나뿐이었다.

"사랑하는 딸, 메스트라야! 아버지는 이상한 저주에 걸린 것 같다. 어째서 이렇게 배가 고프단 말이냐."

"아버님, 무슨 잘못을 했는지 모르겠지만 신들께 비세요."

"나는 잘못한 게 없다. 나를 저주한 신들에게 저주가 내려야 한다."

그는 끝까지 자신의 잘못을 인정하지 않았다. 당장 먹을 것을 구할 수 없게 되자 그는 이성을 잃었다.

"딸아, 미안하다. 너를 팔아야겠다."

마침내 외동딸도 노예로 팔아버린 그는 그 돈으로 산 음식을 그날 다 먹어치웠다. 메스트라는 노예로 팔려 가면서 하늘을 향해 외쳤다.

"포세이돈 신이시여, 저를 구해주세요. 노예로 평생 살 순 없습니다."

포세이돈은 메스트라를 마음에 두고 청혼한 적이 있었다. 하지만 욕심 많은 에리시크톤이 허락하지 않는 바람에 결혼하지는 못했다. 포세이돈은 메스트라에게 물었다.

"원하는 게 무엇이냐?"

"아버지께 돌아가고 싶어요. 저를 날아다니는 새로 만들어주세요."

"너에게 변신의 능력을 주마!"

포세이돈 덕에 변신의 능력을 갖게 된 메스트라는 새로 변해 자신을 잡아가던 마차에서 날아올라 아버지에게 돌아갔다.

"아버지, 제가 돌아왔어요."

에리시크톤은 그러한 딸을 기다렸다는 듯 또다시 팔아버렸다. 메스트라는 이번에는 말이 되어 돌아왔다. 그러자 에리시크톤은 또다시 딸을 팔아치웠다. 메스트라는 수없이 변신하며 아버지에게 돌아왔지만 에리시크톤은 그때마다 딸을 팔아서 먹을 것으로 바꿨다.

"어서 돌아와야 할 텐데. 내 딸이 돌아와야 내가 먹을 것을 얻을 수 있는데."

또다시 도망친 메스트라가 노루가 되어 껑충껑충 아버지를 향해 가고 있는데, 운명은 거기까지였다. 홍수로 강물이 불어서 건널 수 없게 된 것이다.

"메스트라, 왜 안 돌아오는 거냐? 왜 안 돌아와?"

에리시크톤은 너무나 배가 고파 자신의 팔뚝과 허벅지를 물어뜯어서 파먹기 시작했다. 마침내 에리시크톤은 자신의 심장까지 파먹어 죽음에 이르렀다. 인간 가운데 가장 비참한 죽음이었다. 신과 인간들은 말했다.

"여신의 숲을 망가뜨리는 것은 곧 죽음을 부르는 행위야."

소름 끼치는 배고픔으로 인한 죽음이었다. 그렇다고 걱정할 필요는 없다. 대부분의 사람들이 푸른 초원과 아름다운 나무를 사랑하기 때문이다. 사람들은 나무의 열매를 따고 농사지어서 곡식을 수확하며 일하는 것을 즐거워했다. 수확철이면 축제를 열어 데메테르 여신을 찬양하고, 봄이면 엘레우시스 제전을 벌여 농사짓기 전 데메테르 여신을 칭송하는 축제를 열었다. 여신의 딸인 페르세포네는 이 축제를 통해 환영받으며 다시 지상으로 올라왔다.

주석으로 쉽게 읽는

고정욱 그리스 로마 신화 ❶

초판 1쇄 인쇄 2024년 12월 27일
초판 1쇄 발행 2025년 1월 17일

지은이 고정욱
펴낸이 이범상
펴낸곳 (주)비전비엔피 · 애플북스

기획 편집 차재호 김승희 김혜경 한윤지 박성아 신은정
디자인 김혜림 이민선
마케팅 이성호 이병준 문세희 이유빈
전자책 김희정 안상희 김낙기
관리 이다정

주소 우) 04034 서울특별시 마포구 잔다리로7길 12 (서교동)
전화 02) 338-2411 | **팩스** 02) 338-2413
홈페이지 www.visionbp.co.kr
인스타그램 www.instagram.com/visionbnp
포스트 post.naver.com/visioncorea
이메일 visioncorea@naver.com
원고투고 editor@visionbp.co.kr

신화초판
24. 12. 10

등록번호 제313-2007-000012호

ISBN 979-11-92641-53-9 04840
        979-11-92641-52-2 04840 [SET]

- 값은 뒤표지에 있습니다.
- 잘못된 책은 구입하신 서점에서 바꿔드립니다.